新世紀散文家⑬

張曉風

精選集

陳義芝◎主編

NEW CENTURY
ESSAYISTS

目錄

編輯前言・推薦張曉風／陳義芝 9
散文的詩人／瘂弦 15
——張曉風創作世界的四個向度
張曉風散文觀 37

輯一 孤意與深情 47

地毯的那一端 49
魔季 58
初雪 65
十月的陽光 71
詠物篇 77
唸你們的名字 84

半局 90
大音 104
孤意與深情 116
你還沒有愛過——七月七，另一種更悲壯的情人節 124
許士林的獨白——獻給那些睽違母顏比十八年更長久的天涯之人 137
她曾教過我——為紀念中國戲劇導師李曼瑰教授而作 146

輯二 釀酒的理由 155

我交給你們一個孩子 157
一個女人的愛情觀 164
釀酒的理由 169

玉　想　174
只因為年輕啊　185
色　識　198
人體中的繁星和穹蒼　211
高處何所有
——贈給畢業同學　216
時　間　218
你不能要求簡單的答案　220
錯　誤
——中國故事常見的開端　231

輯三　我的幽光實驗

237
我知道你是誰　239
「就是茶」　248
凡夫俗子的人生第一要務便是：活著　250

我的幽光實驗 260
顧二娘和歐基芙 271
噓！我們才不要去管它什麼畢業不畢業的鬼話 274
「浮生若夢啊！」他說 276
六　橋 279
——蘇東坡寫得最長最美的一句詩
東鄰的竹和西鄰的壁 283
常玉，和他的小土缽 286
大師·樹林·鳥蛋 289
正在發生 292
一碟辣醬 295
一隻玉羊 297
「可以！」 299
肉體有千萬種受難的形態 302
炎　涼 305

張曉風大事年表 309
張曉風散文重要評論索引 313

編輯前言

陳義芝

熟識中文創作的人，對先秦諸子散文、漢代紀傳體散文，以及李密、陶淵明、江淹、庾信等人的六朝文，韓、柳、歐、蘇代表的唐宋文，必不陌生。清初吳楚材、吳調侯叔侄編注的《古文觀止》，網羅歷代名篇雖有遺漏，但大體輪廓的掌握分明，仍是研讀古代散文最重要的讀本。

今天我們讀古代散文，除《古文觀止》上的文章，論、孟、莊、荀，也不可棄，因為是源遠流長的文化氣質。歸類為小說的《世說新語》，寫人敘事清雅生動，當小品文讀也不錯，可欣賞它精鍊的筆觸、機智的餘情。而繼明代歸有光、張岱之後，猶有黃宗羲、袁枚、姚鼐、蔣士銓、龔自珍……

古人說，「文之思也，其神遠也」，又說，「事出於沉思，義歸乎翰藻」，當文統與道統釐清，藝術的想像力與語言的精緻性即獲得高度發揚；迨至明代獨抒性靈，清代提倡義法，民國梁啓超錘鍊的新文體（雜以俚語、韻語及外國語法），兩千年來中文散文的山形水貌，因而更見壯麗。可惜今人不察中文散文有其獨特鮮明的傳統，往往以西方不重視散文為名，任意貶損散文價值，誤導文學形勢。

究實而言，粗糙簡陋的經驗記述，與不具審美特質的應用文字，當然算不得散文，就像這世界充斥許多聲音，只為溝通、發洩之用，或無意為之，毫無旋律可言，也就算不得是音樂。但我們不能因為聲音之產生容易而漠視聲音之創造，同理，不能因「非散文」之充斥而不承認散文所展現的生命價值、啓蒙作用。〈庖丁解牛〉、〈出師表〉、〈桃花源記〉、〈滕王閣序〉之所以千古傳誦，正在於作家內在精神之凝注與文學意趣之揮灑，代代有感應。

清末劉熙載〈文概〉講述作文七戒：「旨戒雜，氣戒破，局戒亂，語戒習，字戒僻，詳略戒失宜，是非戒失實。」分別關切文章的主題、文氣、布局、語字、結構、義理，我們拿這個標準來檢視現代散文，也很恰適。試以現代（白話）散文前期名家的看法為例。

周作人主張散文要有「記述的」、「藝術性的」特質，「須用自己的文句與思想」，「真實簡明便好」。

冰心主張散文創作「是由於不可遏抑的靈感」，並且是以作者自己的靈肉「來探索人生」。

朱自清說：「中國文學大抵以散文學為正宗，散文的發達，正是順勢。」他認為散文「意在表現自己」，當然也可以「批評著、解釋著人生的各面。」

魯迅主張小品文不該只是「小擺設」，「生存的小品文，必須是匕首，是投槍，能和讀者一同殺出一條生存的血路的東西；但自然，它也能給人愉快和休息。」

林語堂說小品文，「可以發揮議論，可以暢泄衷情，可以摹繪人情，可以形容世故，可以札記瑣屑，可以談天說地，」又說散文之技巧在「善治情感與議論於一爐」。

梁實秋特重散文的文調，「文調的美純粹是作者的性格的流露」，「散文的美，不在乎你能寫出多少旁徵博引的故事穿插，亦不在多少典麗的辭句，而在能把心中的情思乾乾淨淨直接了當地表現出來。」

以上這些話皆出現在一九二〇年代，可見白話散文的基礎一開始就相當扎實。

梁實秋以降，台灣文壇的散文名家，從琦君到張曉風，從林文月到周芬伶，從王鼎鈞到簡媜，從董橋到蔣勳，並時聚焦的大家如吳魯芹、余光中、楊牧、許達然，幾乎沒有一個不是集合了才氣、人生閱歷、豐富學養與深刻智慧於一身。他們的散文大筆馳騁自如，頗能融會小說情節、戲劇張力、報導文學的現實感、詩語言的象徵性。散文的屬性被發揮得淋漓盡致，散文的世界乃益加遼闊；散文的樣式不再只循舊式美文、雜文、小品文或隨筆的路徑，科學散文、運動散文、自然散文、文化散文或旅行文學、飲食文學，為人間開發了無數新情境，闡明了無數新事理。

隨著資訊世紀的來臨，文類勢力迭有消長，我預見散文的影響力將有增無減，而每位作家收入一兩篇的散文選，光點渙散，已不足以凸顯這一文類的主流成就。「新世紀散文家」書系（九歌版）因而邀當代名家自選名作彙輯成冊。柳宗元談讀諸子史傳的收穫，曾說：「參之《穀梁氏》以厲其氣，參之《孟》、《荀》以暢其支，參之《莊》、《老》以肆其端，參之《國語》以博其趣，參之《離騷》以致其幽，參之太史公以著其潔，此吾所以旁推交通而以為之文也。」必先了解各家的藝術風格、表達技法，方能於自我創作時創新超越。這套書以宜於教學研究的體例呈現，歡迎走文學大道的朋友從散文下手！這批優秀作家的作品見證了一個輝煌的散文時代，他們的創作觀更合力建構出當代中文散文最精粹的理論！

推薦張曉風

張曉風是大散文家。

她總有能力將語言的旗幟插上他人不敢預期或無力面對的現場，用她擅長的戲劇對話，詩一般的譬喻手法。沒有古典與現代的扞格，沒有知性或感性的躊躇。

無需標新立異，而能自不可能出手的角度出手，靠的是見識與感慨的積累，藝術與人情的交融。本集除〈地毯的那一端〉等久經傳誦之作，寫人的篇章最見深情美感，杜奎英、史惟亮、俞大綱、李曼瑰，都已過世，卻又栩栩如生地活著，像貼了金箔的秋野，光華繚繞。

——陳義芝

散文的詩人

——張曉風創作世界的四個向度

瘂弦

文學的原型

早年喜歡讀心理學大師容格的書，對他提出的文學原型理論，印象深刻。所謂原型，是指表現於神話和宗教中，一種集體無意識的心理結構，對人類歷史發祥所起的定音作用。容格認爲，在初民社會，神話是核心，儀式是典律，而神的意象和隱喻是一切敘述的模本；一個民族的共同記憶，基本價値觀，以及最初的文化構成，均由此萌發，而文學，便在這原型之子宮的孕育下，成爲待產的嬰孩。

不知道張曉風的文學思想，曾否受到容格的影響，不過我發現她的作品，在總的精神歸趨上，幾乎都可用原型理論來詮釋。所不同的是，她作品所體現的原型，涵蓋面比容格更爲廣闊；神話、宗教之外，還兼及民間傳說、寓言、童話，以及所有文字書寫的古典文學作品。她的原型意識，並不限於對單一民族的探本窮源，而是將諸多民族神話加以渾融後的整體審視；全世界重要的文化板塊，如古代的埃及、美索不達米亞、希臘和希伯來，全都收納在她神話思維的經緯之中。

張曉風曾在一次記者訪談中表示，影響她最大的兩部書，一是《聖經》，另一是《論語》。這兩部同屬語錄性質的典範著述，是她人生信仰和文學思想的源頭活水。在寫作上，無論她的想像怎樣恣意馳騁、天馬行空，這中西兩部大經大典，永遠是她作品中反覆出現的原型意象和原型敘述。

古希伯來帶有濃厚宗教色彩的神話世界，是張曉風長期涵泳的廣大夢土，從「彌賽亞—受膏者」的創始，到「復國救世主」的引申，那充滿熾烈信仰的宗教故事，她在青少年時期便耳熟能詳。對於六十六卷新舊約，這部由二十餘位才學、性格、感情、文字風格各異的學者、信徒們，經過漫長歲月集體完成的大書，很早便是她心靈的課本，也是她文學寫作追求的範型。歐美作家一向視《聖經》為西方文學「偉大的代碼」，是集隱喻（意象）、神話（敘事）、語言（修辭）之大成的寶庫，很多著名的文學作品，都從其中借火。由於西方文學史就是一部宗教史，西方作家們以《聖經》故事為題材的寫作，早已成為一種傳統。張曉風的作品，不管從內容、風格、結構、陳述方式，也明顯的看出《聖經》的影響，不同的是，其影響的接受方式，是通過了中國觀點的過濾與選擇。張曉風從《聖經》中借火，並不是西方式的；既不是詹姆斯·喬伊斯、湯瑪斯·曼、卡夫卡等人「神話主義」的故事新編（以古典的框架裝塡現代意念），也不是拉丁美洲作家「魔幻寫實」的神話現實形態化，張曉風表現神話的取向，旨在反映現代生活的當下，以不落言詮的方式，暗示現代人的精神如何與古代原型遙相呼應，進而塑造屬於自己的生命風格。在她的筆下，絕少原型概念的直陳，有時僅僅透過一則小故事，小典故的暗示，就可以使人思接千載、視通萬里，與原型產生精神的交感。這種縮龍成寸、咫尺千里的手法，與西方作家動輒以長篇巨製來闡釋一個神話、一種宗教意念的方式，大異其趣。張曉風所強調的，毋寧說更接近以中國爲中心的東方精神。

相對於希伯來宗教意識的神話傳說，希臘神話中神或半神的人性化、知識化，以及大家譜式的結構體系，中國神話也許顯得片段而零碎（過去沈雁水和鍾敬文都曾有過類似的看法），但如果把《山海經》、《楚辭》、《淮南子》、《論衡》等作一個整合，我們有充足的理由，說中國也同樣是世界上的神話大國，更是一個神話文學的大國。事實上從孔子解釋黃帝四面、夔一足，中國神話與文學的互滲、互動就開始了。張曉風文學原型的主軸在此，也是她藝術形象運作能量的母源，藉著這能量，她的文學得以向世界開展；藉著這母源，她進入自主性的宏偉的敘事體系。如果說神話是人類生活和人類心靈歷史的折射，那麼張曉風作品所顯彰的神話意蘊，便不只是神話的複製或還原，而是一種文化學上的「再神話化」。這也是爲什麼她每每刻意淡化神話的一般屬性，而代之以濃厚的東方倫理色彩，以及若干社會功能取向，這種理性審視後的調適，正符合儒家子不語怪力亂神的理念。從孔子神話深谷中走出的張曉風，從某些角度看，倒有幾分儒者的丰神了。

一般印象，《論語》這部書主要在闡明儒家有關政治、倫理教育思想，彰顯孔子的行誼風範，很少人注意到這孔門弟子「相與輯而論纂」的語典，也是一部極爲優秀的散文著作，在文字藝術上具有特殊的成就，更富有文學史開創的意義，而成爲一個不朽的文學原型。張曉風的作品，不但師法了《論語》的思想精髓，也擷取了《論語》散文特有的優秀素質，她作品中時常爲人稱道的簡潔，清澈與形象美，以及一種雍容迂徐的敘述風格，顯然來自《論語》的啓發。

這裏不妨賞讀曉風散文的幾個段落，看她是怎樣將中西神話以及《聖經》、《論語》等古典著作，代入她的原型思維之中。

在一篇談居家燈光的散文中，她寫著：

「我與幽光對坐……，彷彿置身密林，彷彿沉浮於深澤大沼，彷彿穴居野處的上古，彷彿胎兒猶在母體，又彷彿易經乾卦裏的那隻『潛龍』正沉潛某處，尚未用世。方其時，『天地玄黃，宇宙洪荒』——這是《千字文》的句子，古代小孩啓蒙時要唸的第一篇，是幼童蒙昧的聲音在唸宇宙蒙昧期的畫面——一切還停在聖經創世紀首章首句：

「『未始之始，未初之初……地則空虛混沌，淵面黑暗……』」（〈我的幽光實驗〉）

《千字文》和《易經》，一是中國傳統幼教的啓蒙書，一是卜筮象數的經典作，而《舊約》，則是神與人共度生命黑暗，共創天地的神話敘述，這三者在張曉風的心目中，同樣都是原型，都是由混沌世界進入肅穆秩序的象徵，而神與自然、神與人互動的每一次開始，都是一次屏息的等待，一次按捺不住的悸動。一個家庭主婦，獨坐窗前，把家裏的電燈擰熄作片刻的默想，竟也可以有史詩的比重。原型之爲用大矣哉！

沐浴不過是日常瑣事，在張曉風筆下，卻有如此遼闊的時空跨度：

「不知別人覺得人生最舒爽的剎那是什麼時候，對我而言，是浴罷。沐浴近乎宗教，令人感覺尊重而自在。孔子請弟子各言其志，那叫『點』的學生竟說出『浴乎沂，風乎舞雩』的句子。耶穌受洗約旦河，待他自河中走上河岸，天地爲之動容。經典上紀錄那一刹那謂『當時聖靈降其身，恍若鴿子。』」（〈我的幽光實驗〉）

《禮記・儒行》上說「澡身浴德」，《孟子・離婁》也爲濯纓濯足賦予不同的象徵。這裏，沐浴被隱喻化了，那是一種神聖的典律的洗禮。

提到走路，作者眼前出現這樣的場景：

「坐在車子裏的孔子顯得相當愉快，他跟街上的人也很熟，看見對面有人過來，他就憑著車前的楨子彎腰致意，那根楨子叫軾，就是後來蘇東坡的名字。……其實細算起來古今中外的先知聖賢都喜歡站在大路上說話。耶穌如此，蘇格拉底如此。釋加牟尼如果不在路上看到出殯鏡頭，那裡會懂得生老病死……」〈路〉

歷史上的偉大典型幾乎都曾走在充滿荊棘的路上。張曉風說，孔子如不在路上而是身在廟堂，中國就少了一位「至聖先師」。而邊走邊想詩歌的夫子是怎樣的神情呢？大道如川，子在川上；逝者如斯，不舍晝夜！

談一種叫做流蘇的花，她說：

「每一朵都開成輕揚上舉的十字形，……那樣簡單地交叉的四個瓣，每一瓣之間都是最規矩的九十度，有一種古樸誠懇的美。……如果要我給那棵花樹取一個名字，我就要叫它詩經，它有一樹美麗的四言。」〈詠物篇〉

每一個小小現象的內核，都藏有一則宏大的神話。韻律的概念，就是花開的概念。讀張曉風不但可以「多識於鳥獸草木之名」，而隨她穿過古中國文學的宗廟殿堂，更會發現宮中有宮，室內有室，千門萬戶，雍雍穆穆，而原型在焉。

散文的詩學

不知道張曉風喜不喜歡「美文作家」的稱呼，不過，若問這些年來漢語文壇最重要的美文作家有誰，張曉風肯定名列其中。在我的印象裡，張曉風雖然沒有強調過她是個美文的經營者，但是她作品所呈現唯美的傾向以及詩的特質，確實在散文界產生了強烈的影響，她所建構的詩學，我們姑且稱爲散文的詩學，更是具有引領與創發的意義。

中國古典散文一向以美文爲最高標的。不過美文一詞，卻是到了五四新文學運動時才出現的。一般認爲，一九二一年六月八日周作人在《晨報》發表的那篇題目就叫「美文」的文章，是現代國語文學提倡美文的開始。從這以後，經過周作人、魯迅、冰心、朱自清、許地山等人的創作實踐，這白話文學不曾有過的新文體，才得到普遍的重視。胡適在〈五十年之中國文學〉一文中，便肯定這項成就是「打破了美文不能用白話的迷信」，甚至說它對中國古典文學「起了一種示威的作用」。

平心而論，五四時期的美文寫作是有其時代侷限的。主要的原因是那個時期的作家們心心念念總是語文工具的改良（把文言變成白話），還沒有把問題深化到文學本質的提高，一種對傳統懷有的不必要的敵意，窄化了他們對古典文學的評估與再認，犯了矯枉過正的毛病。周作人雖然說中國古代在文學中的「序」、「記」與「說」等，也可說是美文的文章，但他提倡美文眞正的用意，是要作家們以英語文學中藝術性較強的散文爲模範，進行橫的移植式的實驗。

張曉風的美文創作，似乎並沒有走模仿英式散文的彎路，在她的作品中，我們看到的幾乎全是中國古典文學的投影。中文系畢業，又在大學教中國文學多年的她，對於中國傳統散文的發展軌跡，有最深刻的體認，她的散文觀，乃是一個入古出今、開闔自如的大散文觀。從先秦諸子的寓言，兩漢的辭賦，唐朝韓愈、柳宗元的古文，宋代歐陽修、蘇軾的詩情散文，清代乾嘉樸學的議論，以及鴉片戰爭時期的愛國詩文，她都曾長期涵泳其中，並通過現代文學的思維，將新與舊、文言與白話、傳統與現代，統合渾融在一種大格局之內。更重要的是，她掌握到中國散文那種以詩爲主軸的精神，從而營造出她獨特的寫作風格，使她的美文成爲散文的詩（或者說是詩的散文）。在角色的扮演上，與其說她是一個散文家，不如說她是一個詩人。這並不是說她背離散文而曲迎於詩歌，而是她希望擴展散文的向度，藉著她的散文的詩學，把美文推向更高的藝術層次。

從表面上看來，文類似乎有其絕對性，沒有既是此又是彼二者兼得的可能。不過，這樣的理念，並不適合詩與散文。泰戈爾就認爲，散文和詩，事實上是親姊妹的關係而不是婆媳關係。不過他也承認，寫詩和寫散文的經驗是完全不同的，他說有時候散文寫了好幾頁紙，還無法遇到寫完一首詩時那種巨大的喜悅。他感嘆，不管寫甚麼，如果都能用寫詩的策略去處理，那該多好。這也許是爲甚麼泰翁一生都在散文與散文詩（自由體詩）之間穿梭，而來去自如，在藝術上得到很大的成功，不曾產生過彼此犯沖的問題。當然這也只限於高手。俄國作家普里什文就曾說過：「我一輩子爲了把詩歌放進散文而費盡心血。」從這句話也可以說明，如何成功地把詩放在散文中，確是散文家最大的挑戰。

詩的生命在乎韻律，它是嚴謹而講求制約的藝術，在追求的過程中，難免有人工的成分存在，很多詩人放棄格律詩而改寫散文詩（如法國的波特來爾），就是希望從詩歌統治的囹圄中解脫出來，使詩思能夠自由地飛翔。中國古典詩學中也有「曲子縛不住」的說法，常常因爲詩質過於飽滿，而溢出於形式之外。雖是縛不住，但最後還是縛住了，這個「縛」字，特別值得玩味。散文文學裡所說的形散神不散，大概也是這個意思吧。

用以文爲詩，以詩爲文的內容形式來詮釋張曉風的散文詩學，最恰當不過。基本上，她要創造的新散文，不是散文詩，而是散文的詩。散文詩與散文的詩是不一樣的。前者是借散文形式寫的詩，是詩，不是散文；後者卻是詩與散文兩種文類溶解後產物，基本上仍屬散文，當然，稱它作自由的、無韻的、廣義的詩，也是可以的。

有人不認同歷史小說，說歷史小說是歷史的敵人，也是小說的敵人。散文詩也有詩與散文兩敗俱傷的時候。這麼說來，張曉風對散文文類的固守與專情是有深刻用意的，也許是爲了避免使自己處於藝術表現的險峰，她聰明地以散文特有的蕭散與閒情，替代詩歌的緊張與嚴苛。使自己的作品成爲散文串起來的詩的花環，也是詩串起來的散文的花環；散文的優越，加上詩的優越，一種特殊的美學——散文的美學，誕生了。

詩人用詩寫詩，張曉風用散文寫詩。蕭邦有鋼琴詩人的美稱，現代建築家蘇瑞克被稱作「光線和空間的詩人」，對於每篇散文都以詩爲向度的張曉風，我們稱她是散文的詩人，誰曰不宜？

張曉風的美文風格，充分體現在下面幾段文字中。它不只是修辭的勝利，更重要的是意象的勝利。最大的成功處是作者能通過散文的詩學，創造出截然不同的審美效果，使散文的「我存在」、「我知道」，變成詩的「我表達」了。

「愛我更多」或「愛我少一點」，寫的是兩人的世界：

「我不只在我裡，我在風我在海我在陸地我在星，你必須少愛我一點，才能去愛那藏在大化中的我。等我一旦煙消雲散，你才不致猝然失去我，那時，你仍能在蟬的初吟，月的新圓中找到我。

「愛我少一點，去愛一首歌好嗎？因爲那旋律是我；去愛一幅畫，因爲那流溢的色彩是我；去愛一方印章，我深信那老拙的刻痕是我；去品嚐一罈佳釀，因爲罈底的醉意是我；去珍惜一幅編織，那其間的糾結是我；去欣賞舞蹈和書法吧——不管是舞者把自己揮灑成行草篆隸，或是寸管把自己飛舞成騰躍旋挫，那期間的狂喜和收斂都是我。」（〈矛盾篇〉）

詩不告知；它只是展露。散文才告知。這段文字卻是寓展露於告知的。人說文以載道，張曉風則說文以載己（文章只能承載自己），能感性地說了自己，就等於說了世界了。

關於釀酒，她寫著：

「安靜的夜裡，我有時把玻璃罈搬到桌上，像看一缸熱帶魚一般盯著它看，心裡想，這奇怪的生命，它每一秒鐘的味道都和上一秒鐘不同呢！一旦身爲一罈酒，就注定是不安的，變化的，醞釀的。如果酒也有知，它是否也會打量皮囊內的我而出神呢？它或者會想『那皮囊倒是一具不錯的酒罈呢！只是不知道罈裡的血肉能不能醞釀出甚麼來？』

「那時候我多想大聲的告訴它：

「『是啊，你猜對了，我也是酒，醞釀中，並且等待一番致命的傾注！』」（〈釀酒的理

由〉）

詩不侈談哲學，詩使事務存在，它只體現正在發生的事；猶似一罈酒，每一分鐘都走向不同的成色。人生不也是一場永不停止的醞釀嗎？爲了等待那一飲而盡的時辰，讓發生儘量發生吧。

張曉風描繪的山，是有性格的山：

「我終於獨自一人了。

「獨自一人來面領山水的聖諭。

「一片大地能昂起幾座山？一座山能湧出多少樹？一棵樹裡能密藏多少鳥？一聲鳥鳴能婉轉傾洩多少天機？

「鳥聲眞是一種奇怪的音樂——鳥愈叫，山愈幽深寂靜。

「流雲匆匆從樹隙穿過——雲是山的使者吧——我竟是閒於閒雲的一個。

「『喂！』我坐在樹下，叫住雲，學當年孔子，叫趨庭而過的鯉，並且愉快地問牠，『你學了詩沒有？』」（〈常常，我想起那座山〉）

從這段文字可以體會出，散文的詩並不是與傳統格律詩決裂，乃是把格律形式轉化成內在的韻律。它沒有違反詩的定義，也沒有違反散文的定義。只是在謹守散文之樸實和自然的原則下，以感覺的語言，替代知識的語言罷了。如此發展下去，散文的詩，有一天也有成爲史詩的可能。像問天上的雲學詩了沒有這樣的神來之筆，更可以詮釋爲歷史原型的回應了。

性別的賦格

在新約中以爲未來天國裡，無男女之別。在詩和文學裏，同樣也是不分男女的。宏偉的藝術心靈常常是半雄半雌的結合。「每一個作家，一定要使他的雌雄兩性成婚，一定要躺下來讓他的腦子在黑暗裏慶祝它的婚禮」（維琴尼亞・吳爾芙語），才能孕育出新的文學生命。

「醉裏挑燈看劍，夢回吹角連營」，是男性的辛棄疾；「遙岑遠目，獻愁供恨，玉簪螺髻，落日樓頭」，則是女性的稼軒了。

在張曉風的作品裏，同樣也有雌雄兩種人格的交替與互動。我們發現，在女性的曉風之外，還有一個男性的曉風，在「柔情的守護人」的夏娃背後，還隱藏著一個象徵「嚴厲力量」的亞當。這種相反又相容的辯證統一，呈音樂賦格式進行，二者共生互補，相激相盪，爲張曉風的作品帶來強勁的激發力和創造力。在文學原型的拓殖上，她古典；在詩的純粹的探索上，她唯美；在詠史和表現大我的意圖上，她是一個高舉現實主義和浪漫主義風旗的勇士了。

國家之愛，本是中國文學一貫的光輝傳統，屈原長達三百七十行的長詩〈離騷〉，首先就為此一傳統做了最有力的前導，歷代文人如杜甫、陸游、辛稼軒和南宋遺民詩人、詞人，以及明末清初的愛國詩文，莫不以感時憂國、心繫蒼生為作品主調。但到了二十世紀三、四十年代，左翼作家崛起，階級文學當道；五、六十年代台灣也有「反共文學」、「戰鬥文學」的提出。這些變化，都有其歷史因素，但卻也帶來「在政治高壓下，粉飾現實，歌功頌德的『新台閣體』」（劉再復語）的氾濫，造成現代漢語文壇最大的浪費。

就在這樣的背景下，張曉風那被余光中形容為「有一股勃然不磨的英偉之氣」的散文出現了，從〈十月的陽光〉、〈你還沒有愛過〉、〈唸你們的名字〉、〈城門啊，請為我開啓〉、〈矛盾篇〉，到〈一千二百三十點〉，篇篇稱得上是不囿陳言，不苟於流俗、熱情激昂的鴻鉅之裁。這一系列文章的創製，無形中把快要被泛政治化熄滅的愛國主義精神的文學火種給重燃起來。女性作家美學人格中的男性性徵，不但被張曉風發揮得淋漓盡致，而散文這個形式，也在她和與她同時的一些中堅作家的共同開創下，變成可抒情、可詠史、恢宏博大、文道兼具的大章法、大文類了。

英雄歌讚，是張曉風國家之愛外，另一個大主題。她對英雄的定義，迥異時流而有一套自己的標準，名流顯貴，媒體寵兒，以及文化界、學術界的假先知等等，她是不屑一顧的；她所景仰的對象，有人格高潔、學識淵博，對人群社會眞正有貢獻的文化墾拓者，有特立獨行，深沉含蓄，不求聞達的民間隱士，有不辭繁鉅，視病如親、忠勤敬事的醫生，也有臂上刺著「反共抗俄」標語的老兵。在她的英雄譜中，戲劇家李曼瑰（〈她曾教過我〉）、俞大綱（〈孤意與深情〉）、音樂家史惟亮（〈大音〉）、畫家朱德群（〈天門〉）、常玉（〈常玉，和他的小土缽〉），以及「能寫文，也能做詩，他隨寫隨擲、不自珍惜，卻喜歡以米芾自居」，死時以「天道好還，國族必有前途，惟劫難方殷，先死亦佳，勉無深惡大罪，可以笑謝茲世」「人間多苦，事功早摒奢望，已庸碌一生，倖存何益，忍拋孤嫠弱息，未免愧對私心」自輓的「杜公」等，張曉風對他們都有生動而細膩的記述，觀察敏銳，體會深刻，眞正觸及到文人、藝術家靈魂的深處，令人產生景仰與神往之情。

張曉風對英雄意涵的認知，與英國作家卡萊爾（著有《英雄與英雄崇拜》一書）的觀點有很多契合之處。卡萊爾把文人約翰生、盧梭，詩人但丁、莎士比亞、彭斯都視作英雄。也就是說，他認爲凡受神啓示，服膺眞理，具有眞知灼見、感情和行動的人，都值得吾人頂禮膜拜。比較之下，張曉風對英雄的界定，應該說比卡萊爾還要寬廣，且具現代性。

張曉風表現國家之愛，雖不是「風雨怒號，金鐵交鳴」（康有爲詩集自序句）的激越凌厲．但通過誠摯的記事述情，也有一種雄辯的力量。在一篇談人生輸贏的散文中，她說：

「行年漸長，對一己的榮辱漸漸不以爲意了，卻像一條龍一樣，有其頸項下不可批的逆鱗，我那不可碰不可輸的是『中國』。不是地理上的那塊海棠葉，而是我胸中的這塊隱痛……我所渴望贏回的，是故國的形象，是散在全世界有待像拼圖一樣聚攏來的中國。

「有一個名字不容任何人污衊，有一個話題絕不容別人佔上風，有一分舊愛不准他人來置喙。總之，只要聽到別人的話鋒似乎要觸及我的中國了，我會一面謙卑的微笑，一面拔劍以待，只要有一言傷及它，我會立刻揮劍求勝，即使爲劍刃所傷亦所不惜。」（〈矛盾篇〉）

這段話，在盲風晦雨的今日台灣，聽起來特別發人深省。

有關英雄人物，我特別喜歡她寫一位醫生爲患肝疾農人看病的那一段：

『自從用藥以後，』你暗暗對我說，『出血止住，大便就比較漂亮了。』

「對一生追求文學之美的我來說，你的話令我張口錯愕，不知如何回答。在這個世界上，像『漂亮』這樣的形容詞和『大便』這樣的主詞是無論如何也接不上頭的啊！

「然而我知道，你說這話是誠心誠意的，這其間自有某種美學。

「我對這種美學肅然起敬。

「只因我知道持這種美學的人是誰，那是你——醫生。」（〈我知道你是誰〉）

現代文學或現代主義文學，對人性的複雜所做的裸裎剖析，自有其開掘生存情景的心理學上的意義，但我們在現代作品中，卻很難看到人類道德風貌和人格精神的頌揚，也即美學上所說的崇高感，這種從古典主義文學時代就被重視的優秀品質，失落已久，卻被張曉風喚回了。而剛柔並濟的兩性賦格運作的優越性，也得到最好的印證。

華茂的辭章

中國是世界上古典語言學的三大發軔國之一（另兩國是希臘和古印度）。據學者張智恭的考證，我國在先秦時期，語言學就已經萌芽，孔子教學設有語言科目，而《爾雅》、《釋名》、《說文》，則是初期語言學的主要內容。

今日大學中文系所開設的訓詁學、聲韻學，基本上是從古代語言學體系發展出來的，中文系將它列爲必修課，學生們不經過這一關，就不能算眞正認識中文，體悟不出中文這「非形態語言」「以無法勝有法」的箇中三昧，就寫不出正確、通達、典雅而優美的中文。

過去有人不贊成這種偏重考據的課程設計，覺得這使學生們頭痛的大學中的「小學」（訓詁和聲韻的統稱），對文學創作的人可能造成傷害。對這，張曉風卻有不同的體驗：

「文字訓詁之學，如果你肯去了解它，其間自有不能不令人動容的中國美學，聲韻學亦然。知識本身雖未必有感性，但那份枯索嚴肅亦如冬日，繁華落盡處自有無限生機。」

（〈你不能要求簡單的答案〉）

在張曉風的眼裡，美學無所不在，在辭章在義理也在考據之中，那些從冰冷的符號堆裡所冒出的詩意，培養出她對國學的歷史意識和感情，成爲她日後寫作的精神屏障。

中文系對青青子衿們的另一個要求，是讀書。老教授們最常說的一句話是：「學問之道無他，讀書而已。」這對張曉風來說是「正合我意」，因爲她本來就是個書痴，她感覺校園生活和她青春心靈互動的最美好經驗，就是閱讀。那唅英咀華的感覺，令她沉醉：「讀論語，於我竟有不勝低徊的感覺；讀史書，頁頁行行都該標上驚歎號！」「墜身千尺樓，急覽四壁書」，她喜歡自己這個句子，也許會有人把它聯想成漫畫式的戲謔，但她的體會，那是一個愛書人的橫絕。

中文系所教授們所說的讀書，並不是隨個人好惡的亂讀，而是有步驟、有方法、有範圍、有系統、有效果的讀。古人有所謂「書不讀秦漢以下」的說法，那是太過絕對了，秦漢以後的經典要籍更是汗牛充棟，令人望書興嘆；狗咬刺蝟，到底從哪裡下嘴？於是教授們把一個學中文的學生應該讀的書，開成書單，要他們通讀，精讀，讀後還要寫出具有個人創見的報告。據說當年朱自清在清華大學教書。假日，學生們想去北平看場電影，但佩弦先生站在交通車的車門口，要學生交了報告，才能上車！我不知道在張曉風唸的東吳，有沒有這樣執著的老古板？總之，中文系學生經過這一翻折騰，折磨，好像個個開竅了。從張曉風的散文裡可以知道，對於學術，她始終是肅然起敬的，對她來說，研究與創作同等重要。寫作來自生活，也來自學問，學問雖然不等於生活，但卻可以提高對生活的詮釋力。一個作家，生活的感性和學問的理性最好能做到二者平衡。在這樣的理念下，張曉風圓滿完成了大學教育的豐富之旅，她的治學方法、修辭訓練乃至整個文學人格的形成，都是在大學裡完成的。中文系科班教育不但使她與中文結下不解之緣，並且成為一個以發揚中文、捍衛中文為職志的人。

中美斷交時，張曉風為學生們上詩經課，她說：

「我告訴孩子們有一種東西比權力更強，比疆土更強，那是文化——只要國文尚在，則中國尚在，我們仍有安身立命之所。……」（〈唸你們的名字〉）

為呼籲教育部門關建一處「合乎美育原則，像中國舊式書齋」的國文教室，她把她美麗的夢話說給官員和辦學的人聽：

「教室裡，沿著牆，有排矮櫃，櫃子上，不妨放些下課時可以把玩的東西，一副竹子的擱臂，涼涼的，上面刻著詩。一個仿製的古甕，上面刻著元曲，讓人驚訝古代平民喝酒之際也不忘詩趣。……音樂有教室……理化有教室……『國父思想』和『軍訓』有教室……國文也需要一間講壇，那是因為我有整個中國想放在裡面啊！」（〈我有一個夢〉）

用「華茂」二字來形容張曉風文字之美最為貼切。中國正統的文字訓練，以及她虔誠向教（她是基督徒）後，從新舊約研讀開始展開的對整個國際文學藝術技巧之吸納，更加強了她語言文字的表達力。那是一種全新的風貌，如果用縱的繼承和橫的移植來解釋，這種風貌可以用「既熟悉又新鮮」來形容，熟悉來自中國文學精神的縱的繼承，新鮮是世界文學和現代生活交互影響後的橫的移植。張曉風的學思歷程，使我想起詩人余光中的一句話：自傳統出發走向現代，復又深入傳統。

如果我們把「文學」和「文章」區隔開來分析，張曉風是文學家，也是文章家。這話聽起來有點費解，如果一個作家不是文章家，怎麼能夠成為文學家呢？當然大部分的文學家，都必然同時也是個文章家，這本來是不成為問題的，但是文壇上，偏偏卻有一些不是文章家的文學家。如果我們把文學說成內容，文章說成形式。有些作家從內容來考察是第一流的，但是他所使用的語言形式，卻是存有爭議的。多半的情形是作者為了刻意創新，實驗性過強，走了險怪晦澀的偏鋒，這種表達方式，只能說是他個人的特殊風格，爲了他的「文學」，大家只好容忍，但卻無法邀得大眾的共鳴。這種例子不少。而既是文學家又是文章家的作者，採取的是一種正統的修辭章法，其作品不但可以做文學的欣賞，也有文化上的意義，語言學上的意義。這一種有教養的、血統純正的、信得過的中文，更成爲初學者臨摹學習的範本，其中的一些精彩語彙和句型，有時還可以通過社會大眾的約定俗成，廣爲流傳，產生提高民族語言的功效。張曉風的文章，應屬此一層級。

張曉風散文觀

(1) 楔子

有人要我說一說我的散文觀。

「你出過的散文集超過十冊了吧？應該很有資格發表點意見了。」

「可是，我自己並不這麼想！」

「咦？爲什麼，裝謙虛嗎？」

「不，不，這跟謙不謙虛不虛無關，我說個譬喻你聽：這就如同，有的女人能生，生了十幾二十胎（紀錄上還有更多的），但這女人其實你要她站上台來講述胚胎、卵子、精子、子宮……她卻一概不知！」

「但是，寫散文這件事不好拿生孩子來比，我想，寫散文總會多一些專業性吧！」

「也許，但有一點，這兩件事是相同的：那就是鄭愁予詩裏說的：『我是北地忍不住的春天。』生孩子，是因爲非生不可，胎死腹中是很嚴重的。寫文章也是非寫不可，不寫，地都會裂、山都會爆。你想，人在這種時候，那裏會有什麼理論和觀點可言，只是『忍不住』而已。」

「不過，不過，你隨便說兩句不行嗎，例如感言什麼的？」

「有人生了孩子還要發表『生兒演說』的嗎？生小孩很累欸！生完了就該休息了吧！」

「唉，不過要你表示表示意見，沒什麼大不了啦！反正一百個一千個人裏面未必有一個人聽你，你就當自言自語好玩嘛！又不是什麼『一言而爲天下法』。」

「咦！這句話還有點道理，我姑且隨便聊聊。」

(2)「喔，你是寫散文的。」「哇！你是寫劇本的！」

偶然，在國內或國外，我會碰上一些異國人士，有時我必須自我介紹，有時是朋友替我介紹。

這對手，十之八九，以後是看不到的了，這不過是一面之雅，又不是什麼義結金蘭，犯不著好好交代身家，所以多半隨便說一句：

「How do you do?」

也就算了。

不過也有人會多問幾句的。或許受朋友瞎捧所蠱，便不免興致高昂。一般而言，如果朋友說我是「林太太」，就沒人有興趣再多問什麼了。如果說是「教授」，人家也只禮貌的致敬一下。朋友如果說「名作家」，那老外就不免有幾分興趣，接下來的問題便是：

「請問，你寫什麼?」

我多半的回答是：

「哦，我寫散文。」

這種答案有點令他們失望，當然，他也不方便表現出來，只好草草敷衍我一下，就走開了，頂多加一句：

「喔——你是寫散文的。」

我也偶然興起，想做個實驗，便說：

「I am a playwriter 。」

(「我是寫劇本的。」)

這下可不得了，對方立刻雙眼放光，人也幾乎要彈跳起來：

「哇！哇！哇！你是寫劇本的呀！」

唉，有些事，讀書是讀不出來的，如果有一本書來告訴我：

「西方文學，重劇本而輕散文。」

我讀了也不覺什麼。

但當面看到人家對我的兩種面目，不免感慨良多。

我常常心裏暗笑：

「欸！欸！你這老外眞不曉事，寫劇本是小技耳，寫散文才是眞正的大業咧！」

在台灣，如果問出版商，什麼書最有銷路，你得到的答案一般是：

「散文最有銷路！」

（雖然小說和詩偶然也暢銷）

看來，老外喜歡那些故事和情節。但老中所喜歡的散文卻沒有那些花梢。老中爲什麼要喜歡散文？這恐怕是說來話長的話題了。

(3) 三個譬喻

至於散文和它另一個近親「詩歌」之間怎麼分？有人打譬喻，說：

詩如酒，散文如水。
詩如舞，散文如行路。
詩如唱歌，散文如說話。

如果跟著這個比喻想下去，詩好像比散文「專業」，或者說，「高尚」。但是我並不這麼想。

好酒我喝過，好水卻不常喝到，我唯一牢記且懷念的水是有一次去走加拿大班芙國家公園，去到一個叫哥倫比亞大冰原的地方，我帶著個小瓶子，在溶冰中舀了一點水，喝下去，甘洌冰清，令人忍不住想對天「謝水」（基督徒有「謝飯」之禮儀），原來水是這麼好喝的。至於我日常喝的，其實都只是「維生所需」而已。

至於舞蹈，我也大致知道一些這城市中的優秀舞蹈家。至於誰行路如玉樹臨風，好像我反而想不起來。印象裏行走得高貴的人好像只有二個明星，男的是史都華格蘭傑，女的是凱塞琳赫本，此二人有帝后風儀。至於奧黛麗赫本也不錯，但只像公主而已。

至於說話和唱歌，我倒都聽過好的。不過，說得好的，還是比唱得好的爲少。

以上三例，剛好說明散文其實是「易學難工」的，好水比好酒難求，「善於美姿走路的」

比「善舞者」難求，「善說話的人」比「善歌者」難求。

從那三個比喻可以看出散文的特質，它不借重故事、情節。一般而言，它也不去虛構什麼。它更不在乎押韻造成的「音樂性加分」。它在大多數狀況下無法入歌。它和讀者素面相見，卻足感人。它憑藉的不是招數，而是內功。

(4) 內功？內功不是那麼容易獲得的

李白寫〈春夜宴桃李園序〉，一開頭的句子便是：

「夫天地者，萬物之逆旅，光陰者，百代之過客。」

李白寫的絕不是「記述文」，他的企圖也絕不是記錄某一次宴會的盛況而已。他是把一生累積的見識，來寫這一小篇文章，這叫內功。

王禹偁寫〈黃崗竹樓記〉，其中有些句子形容竹樓之雅，可算得很唯美的句子，如：

「夏宜急雨，有瀑布聲。冬宜密雪，有碎玉聲……」

但最最令人心疼的句子卻是在行家告訴他竹樓的壽命一般不過十年，如果做加工處理，可至二十年，然而，他拒絕了，他在歷數自己宦途流離的記錄之後加上一句：

「……未知明年又在何處，豈懼竹樓之易朽乎？」

這一句，把整篇文章提到不一樣的高度，借王國維的話，這叫「感慨遂深」。當然，你也可以叫它爲「內功」。

如果要歸納一下，容我這樣說吧：

1. 散文是一種老中特別喜歡寫、喜歡讀的文類。

2. 散文可以淺，淺得像談話。可以深，深得像駢文。但都直話直說，直抒胸臆！是一種透明的文體。

3. 讀者在閱讀散文時，希望讀到的東西如下：

A. 希望讀到好的文筆，好的修辭。

B. 希望讀到對人生的觀察和體悟。

C. 希望隱隱如對作者，但並不像日本人愛讀「私小說」那樣，因此散文讀者想知道的是作者的生活、見識和心境，「私小說」的讀者想知道的多半是作者的隱私，特別是性的隱私。

D. 希望收穫到「感性的感動」也希望讀到「知性的深度」。

E. 一般人購買散文，是因爲他們相信，不久以後，他們會再讀它一次。很少有人會「再一次讀看過的小說」可是有很多人「一再讀他看過的散文」。

在古代文學史裏有兩位（其實當然不止此數）文人，其一是詩人，另一位是詞人，這兩個人都曾因爲寫散文寫得太好，害得他們的某首詩詞竟然失了色。

其一是陶淵明，有一次，他本來是要寫桃花源詩的，但不得不先把去桃花源的漁人的航船日誌公布一下。不過，因爲這篇用散文體寫成的序太精彩了，結果大家都去唸「晉太元中，武陵人……」，至於「嬴氏亂天紀，賢者避其世……」有誰知道呢？

其二是姜白石，他自度了一闋詞叫〈揚州慢〉。不過，同樣的，他也必須說明一下，他眼中的揚州如何在一番戰火之餘成衰敗零落。那篇插在詞前的小序寫得太好，結果有人認爲「四顧蕭條，寒水自碧，暮色漸起，戍角悲吟，予懷愴然……」比詞更耐讀，這，也是無可奈何之事。

這兩個例子，其實都說明散文的勝利。沒有故事的華服，沒有韻律的化粧，散文素著一張臉，兀自美麗。借王國維的話是「粗服亂頭不掩國色」。

(5) 三分之一的擎天柱

在西方，散文是三大文體（戲劇、小說、詩歌）之外的小附庸。在中文世界，散文是三分之一的擎天柱（我們分文章爲「散文」、「韻文」兩類）。

我喜歡散文（雖然也喜歡其他三類），我喜歡我在此行列中執勤，我喜歡這是一個老外看不出好處的文類，我喜歡和我「同文」的人來分享它的深雅和醇厚。

——二〇〇四年五月

輯一

孤意與深情

俞老師生前喜歡提及
明代的一位女伶楚生
說她「孤意在眉，深情在睫」
「孤意」和「深情」原是矛盾的
卻又很微妙地是一個藝術家
必要的一種矛盾

地毯的那一端

德：

從疾風中走回來，覺得自己像是被浮起來了。山上的草香得那樣濃，讓我想到，要不是有這樣猛烈的風，恐怕空氣都會給香得凝凍起來！

我昂首而行，黑暗中沒有人能看見我的笑容。白色的蘆荻在夜色中點染著涼意——這是深秋了，我們的日子在不知不覺中臨近了。我遂覺得，我的心像一張新帆，其中每一個角落都被大風吹得那樣飽滿。

星斗清而亮，每一顆都低低地俯下頭來。溪水流著，把燈影和星光都流亂了。我忽然感到一種幸福，那樣渾沌而又陶然的幸福。我從來沒有這樣親切地感受到造物者的寵愛——眞的，我們這樣平庸，我總覺得幸福應該給予比我們更好的人。

但這是眞實的，第一張賀卡已經放在我的案上了。灑滿了細碎精緻的透明照片，燈光下展示著一個閃爍而又眞實的夢境。畫上的金鐘搖盪，遙遙的傳來美麗的回響。我彷佛能聽見那悠揚的音韻，我彷佛能嗅到那沁人的玫瑰花香！而尤其讓我神往的，是那幾行可愛的祝詞：「願婚禮的記憶存至永遠，願你們的情愛與日俱增。」

是的，德，永遠在增進，永遠在更新，永遠沒有一個邊和底——六年了，我們護守著這份情誼，使它依然煥發，依然鮮潔，正如別人所說的，我們是何等幸運。每次回顧我們的交往，我就彷彿走進博物館的長廊。其間每一處景物都意味著一段美麗的回憶。每一件東西都牽扯著一個動人的故事。

那樣久遠的事了。剛認識你的那年才十七歲，一個多麼容易錯誤的年紀！但是，我知道，我沒有錯。我生命中再沒有一件決定比這項更正確了。前天，大夥兒一起吃飯，你笑著說：「我這個笨人，我這輩子只做了一件聰明的事。」你沒有再說下去，妹妹卻拍起手來，說：「我知道了！」啊，德，我能夠快樂的說，我也知道。因爲你做的那件聰明事，我也做了。

那時候，大學生活剛剛展開在我面前。臺北的寒風讓我每日思念南部的家。在那小小的閣樓裡，我呵著手寫蠟紙。在草木搖落的道路上，我獨自騎車去上學。生活是那樣黯淡，心情是那樣沉重。在我的日記上有這樣一句話：「我擔心，我會凍死在這小樓上。」而這時候，你來了。你那種毫無企冀的友誼四面環護著我，讓我的心觸及最溫柔的陽光。

我沒有兄長，從小我也沒有和男孩子同學過。但和你交往卻是那樣自然，和你談話又是那樣舒服。有時候，我想，如果我是男孩子多麼好呢！我們可以一起去爬山，去泛舟。讓小船在湖裡任意飄盪，任意停泊，沒有人會感到驚奇。好幾年以後，我將這些想法告訴你，你微笑地注視著我：「那，我可不願意，如果你眞想做男孩子，我就做女孩。」而今，德，我沒有變成男孩子，但我們可以去遨遊，去作山和湖的夢。因爲，我們將有更親密的關係了。啊，想像中終生相愛相隨該是多麼美好！

那時候，我們穿著學校規定的卡其服。我新燙的頭髮又總是被風刮得亂蓬蓬的。想起來，我總不明白你爲什麼那樣喜歡接近我。那年大考的時候，我蜷曲在沙發裡唸書。你跑來，熱心地爲我講解英文文法。好心的房東爲我們送來一盤春捲，我慌亂極了，竟吃得灑了一裙子。你瞅著我說：「你眞像我妹妹，她和你一樣大。」我窘得不知如何是好，只是一逕低著頭，假作抖那長長的裙幅。

那些日子眞是冷極了。每逢沒有課的下午我總是留在小樓上，彈彈風琴，把一本拜爾琴譜都快翻爛了。有一天你對我說：「我常在樓下聽你彈琴。你好像常彈那首甜蜜的家庭。怎麼？在想家嗎？」我很感激你的竊聽，唯有你了解、關切我淒楚的心情。德，那個時候，當你獨自聽著的時候，你想些什麼呢？你想到有一天我們會組織一個家庭嗎？你想到我們要用一生的時間以心靈的手指合奏這首歌嗎？

寒假過後，你把那疊泰戈爾詩集還給我。你指著其中一行請我看：「如果你不能愛我，就請原諒我的痛苦吧！」我於是知道發生什麼事了。我不希望這件事發生，我眞的不希望。並非由於我厭惡你，而是因爲我太珍重這份素淨的友誼，反倒不希望有愛情去加深它的色彩。

但我卻樂於和你繼續交往。你總是給我一種安全穩妥的感覺。從頭起，我就付給你我全部的信任。只是，當時我心中總嚮往著那種傳奇式的、驚心動魄的戀愛。並且喜歡那麼一點點的悲劇氣氛。爲著這些可笑的理由，我耽延著沒有接受你的奉獻。我奇怪你爲什麼仍作那樣固執的等待。

你那些小小的關懷常令我感動。那年聖誕節你把得來不易的幾顆巧克力糖，全部拿來給我了。我愛吃筍豆裡的筍子，唯有你注意到，並且耐心地爲我挑出來。我常常不曉得照料自己，唯有你想到用自己的外衣披在我身上（我至今不能忘記那衣服的溫暖，它在我心中象徵了許多意義）。是你，敦促我讀書。是你，容忍我偶發的氣性。是你，仔細糾正我寫作的錯誤。是你，教導我爲人的道理。如果說，我像你的妹妹，那是因爲你太像我大哥的緣故。

後來，我們一起得到學校的工讀金。分配給我們的是打掃教室的工作。每次你總強迫我放下掃帚，我便只好遙遙地站在教室的末端，看你奮力工作。在炎熱的夏季，你的汗水滴落在地上。我無言地站著，等你掃好了，我就去揮撣桌椅，並且幫你把它們排齊。每次，當我們目光偶然相遇的時候，總感到那樣興奮。我們是這樣地彼此了解，我們合作的時候總是那樣完美。

我注意到你手上的硬繭，它們把那虛幻的字眼十分具體地說明了。我們就在那飛揚的塵影中完成了大學課程——我們的經濟從來沒有富裕過；我們的日子卻從來沒有貧乏過。我們活在夢裡，活在詩裡，活在無窮無盡的彩色希望裡。記得有一次我提到瑪格麗特公主在她婚禮中說的一句話：「世界上從來沒有兩個人像我們這樣快樂過。」你毫不在意地說，「那是因爲他們不認識我們的緣故。」我喜歡你的自豪，因爲我也如此自豪著。

我們終於畢業了，你在掌聲中走到臺上，代表全系領取畢業證書。我的掌聲也夾在眾人之中，但我知道你聽到了。在那美好的六月清晨，我的眼中噙著欣喜的淚。我感到那樣驕傲，我第一次分沾你的成功，你的光榮。

「我在臺上偷眼看你，」你把繫著彩帶的文憑交給我，「要不是中國風俗如此，我一走下臺來就要把它送到你面前去的。」

我接過它，心裡垂著沉甸甸的喜悅。你站在我面前，高昂而謙和、剛毅而溫柔。我忽然發現，我關心你的成功，遠遠超過我自己的。

那一年，你在軍中。在那樣忙碌的生活中，在那樣辛苦的演習裡，你卻那樣努力地準備研究所的考試。我知道，你是爲誰而做的。在淒長的分別歲月裡，我開始了解，存在我們中間的是怎樣一種感情。你來看我，把南部的冬陽全帶來了。那厚呢的陸戰隊軍服重新喚起我童年時期對於號角和戰馬的夢。我一直沒有告訴你，當時你臨別敬禮的鏡頭烙在我心上有多深。

我幫著你搜集資料，把抄來的範文一篇篇斷句、註釋。我那樣竭力地做，懷著無上的驕傲。這件事對我而言有太大的意義。這是第一次，我和你共赴一件事。所以當你把錄取通知轉寄給我的時候，我竟忍不住哭了。德，沒有人經歷過我們的奮鬥，沒有人像我們這樣相期相勉，沒有人多年來在冬夜圖書館的寒燈下彼此伴讀。因此，也就沒有人了解成功帶給我們的興奮。

我們又可以見面了，能見到眞眞實實的你是多麼幸福。我們又可以去作長長的散步，又可以蹲在舊書攤上享受一個閒散黃昏。我永不能忘記那次去泛舟。回程的時候，忽然起了大風。小船在湖裡直打轉，你奮力搖櫓，累得一身都汗濕了。

「我們的道路也許就是這樣吧！」我望著平靜而險惡的湖面說，「也許我使你的負擔更重了。」

「我不在意，我高興去搏鬥！」你說得那樣急切，使我不敢正視你的目光，「只要你肯在我的船上，曉風，你是我最甜蜜的負荷。」

那天我們的船順利地攏了岸。德，我忘了告訴你，我願意留在你的船上，我樂於把舵手的位置給你。沒有人能給我像你給我的安全感。

只是，人海茫茫，那裡是我們共濟的小舟呢？這兩年來，爲著成家的計畫，我們勞累到幾乎虐待自己的地步。每次，你快樂的笑容總鼓勵著我。

那天晚上你送我回宿舍，當我們邁上那斜斜的山坡，你忽然駐足說：「我在地毯的那一端等你！我等著你，曉風，直到你對我完全滿意。」

我抬起頭來，長長的道路伸延著，如同聖壇前柔軟的紅毯。我遲疑了一下，便踏向前去。現在回想起來，已不記得當時是否是個月夜了，只覺得你誠摯的言詞閃爍著，在我心中亮起一天星月的清輝。

「就快了！」那以後你常樂觀地對我說，「我們馬上就可以有一個小小的家。你是那屋子的主人，你喜歡吧？」

我喜歡的，德。我喜歡一間小小的陋屋。到天黑時分我便去拉上長長的落地窗簾，捻亮柔和的燈光，一同享受簡單的晚餐。但是，哪裡是我們的家呢？哪兒是我們自己的宅院呢？

你借來一輛半舊的腳踏車，四處去打聽出租的房子，每次你疲憊不堪的回來，我就感到一種痛楚。

「沒有合意的，」你失望地說，「而且太貴，明天我再去看。」

我沒有想到有那麼多困難，我從不知道成家有那麼多瑣碎的事，但至終我們總算找到一棟小小的屋子了。有著窄窄的前庭，以及矮矮的榕樹。朋友笑它小得像個巢，但我已經十分滿意了。無論如何，我有了可以憩息的地方。當你把鑰匙交給我的時候，那重量使我的手臂幾乎爲之下沉。它讓我想起一首可愛的英文詩：「我是一個持家者嗎？哦，是的。但不止，我還得持護著一顆心。」我知道，你交給我的鑰匙也不止此數。你心靈中的每一個空間我都持有一枚鑰匙，我都有權巡行出入。

亞寄來一捲錄音帶，隔著半個地球，他的祝福依然厚厚地繞著我。那樣多好心的朋友來幫我們整理。擦窗子的，補紙門的，掃地的，掛畫兒的，插花瓶的，擁擁熙熙地擠滿了一屋子。我老覺得我們的小屋快要炸了，快要被澎湃的愛情和友誼撐破了。你覺得嗎？他們全都興奮著，我怎麼不興奮呢？我們將有一個出色的婚禮，一定的。

這些日子我總是累著。去試禮服，去訂鮮花，去買首飾，去選窗簾的顏色。我的心像一座噴泉，在陽光下湧溢著七彩的水珠兒。各種奇特複雜的情緒使我眩昏。有時候我也分不清自己是在快樂還是在茫然，是在憂愁還是在興奮。我眷戀著舊日的生活，它們是那樣可愛。我將不再住在宿舍裡，享受陽臺上的落日。我將不再偎在母親的身旁，聽她長夜話家常。而前面的日子又是怎樣的呢？德，我忽然覺得自己好像要被送到另一個境域裡去了。那裡的道路是我未走過的，那裡的生活是我過不慣的，我怎能不惴惴然呢？如果說有什麼可以安慰我的，那就是：我知道你必定和我一同前去。

冬天就來了，我們的婚禮在即。我喜歡選擇這季節，好和你廝守一個長長的嚴冬。我們屋角裡不是放著一個小火爐嗎？當寒流來時，我願其中常閃耀著炭火的紅光。我喜歡我們的日子從黯淡凜冽的季節開始，這樣，明年的春花才對我們具有更美的意義。

我即將走入禮堂，德，當結婚進行曲奏響的時候，父親將挽著我，送我走到壇前，我的步履將凌過如夢如幻的花香。那時，你將以怎樣的微笑迎接我呢。

我們已有過長長的等待，現在只剩下最後的一段了。等待是美的，正如奮鬥是美的一樣，而今，鋪滿花瓣的紅毯伸向兩端，美麗的希冀盤旋而飛舞。我將去即你，和你同去採擷無窮的幸福。當金鐘輕搖，蠟炬燃起，我樂於走過眾人去立下永恆的誓願。因爲，哦，德，因爲我知道，是誰，在地毯的那一端等我。

——選自道聲版《曉風散文集》（一九七七年）

魔季

藍天打了蠟，在這樣的春天。在這樣的春天，小樹葉兒也都上了釉彩。世界，忽然顯得明朗了。

我沿著草坡往山上走，春草已經長得很濃了。唉，春天老是這樣的，一開頭，總慣於把自己藏在峭寒和細雨的後面。等眞正一揭了紗，卻又謙遜地為我們延來了長夏。

山容已經不再是去秋的清瘦了，那白絨絨的芒花海也都退潮了。相思樹是墨綠的，荷葉桐是淺綠的，新生的竹子是翠綠的，剛冒尖兒的小草是黃綠的。還有那些老樹的蒼綠，以及藤蘿植物的嫩綠，熙熙攘攘地擠滿了一山。我慢慢走著，我走在綠之上，我走在綠之間，我走在綠之下。綠在我裡，我在綠裡。

陽光的酒調得很淡，卻很醇，淺淺地斟在每一個杯形的小野花裡。到底是一位怎樣的君王要舉行野宴呢？何必把每個角落都布置得這樣豪華雅緻呢？讓走過的人都不免自覺寒酸了。

那片大樹下的厚氈是我們坐過的，在那年春天。今天我走過的時候，它的柔軟仍似當年，它的鮮綠仍似當年，甚至連織在上面的小野花也都嬌美如昔。啊，春天，那甜甜的記憶又回到我的心頭來了——其實不是回來，它一直存在著的！我禁不住怯怯地坐下，喜悅的潮音低低迴響著。

清風在細葉間穿梭，跟著它一起穿梭的還有蝴蝶。啊，不快樂眞是不合理的——在春風這樣的旋律裡。所有柔嫩的枝葉都被邀舞了，窸窣地響起一片府綢和細紗相擦的衣裙聲。四月是音樂季呢！（我們有多久不聞絲竹的聲音了？）寬廣的音樂臺上，響著甜美渺遠的木簫，古典的七弦琴，以及琮琮然的小銀鈴，合奏著繁富而又和諧的曲調。

我們已把窗外的世界遺忘得太久了，我們總喜歡過著四面混凝土的生活。我們久已不能像那些溪畔草地上執竿的牧羊人，以及他們僅避風雨的帳棚。我們同樣也久已不能想像那些在隴畝間荷鋤的莊稼人，以及他們只足容膝的茅屋。我們不知道腳心觸到青草時的恬適，我們不曉得鼻腔遇到花香時的興奮。眞的，我們是怎麼會癡騃得那麼厲害的！

那邊，清澈的山澗流著，許多淺紫、嫩黃的花瓣上下飄浮，像什麼呢？我似乎曾經想畫過這樣一張畫——只是，我爲什麼如此想畫呢？是不是因爲我的心底也正流著這樣一帶澗水呢？是不是由於那其中也正輕攬著一些美麗虛幻的往事如夢境呢？啊，我是怎樣珍惜著這些花瓣啊，我是多麼想掬起一把來作爲今早的晨餐啊！

忽然，走來一個小女孩。如果不是我看過她，在這樣薄霧未散盡，陽光詭譎閃爍的時分，我眞要把她當作一個小精靈呢！她慢慢地走著，好一個小山居者，連步履也都出奇地舒緩了。她有一種天生的屬於山野的純樸氣質，使人不自已地想逗她說幾句話。

「你怎麼不上學呢？凱凱。」

「老師說，今天不上學，」她慢條斯理地說：「老師說，今天是春天，不用上學。」

啊，春天！噢！我想她說的該是春假，但這又是多麼美的語誤啊！春天我們該到另一所學校去唸書的。去唸一冊冊的山，一行行的水。去速記風的演講，又計數驟雲的變化。眞的，我們的學校少開了許多的學分，少聘了許多的教授。我們還有許多值得學習的，我們還有太多應該效法的。眞的呢，春天絕不該想雞兔同籠，春天也不該背盎格魯撒克遜人的土語，春天更不該蒐集越南情勢的資料卡。春天春天，春天來的時候我們眞該學一學鳥兒，站在最高的枝柯上，抖開翅膀來，曬曬我們潮濕已久的羽毛。

那小小的紅衣山居者很好奇地望著我，稍微帶著一些打趣的神情。

我想跟她說些話，卻又不知道該講些什麼。終於沒有說——我想所有我能教她的，大概春天都已經教過她了。

慢慢地。她俯下身去，探手入溪。花瓣便從她的指間閒散地流開去，她的頰邊忽然漾開一種奇異的微笑，簡單的、歡欣的、卻又是不可捉摸的笑。我又忍不住叫了她一聲——我實在仍然懷疑她是筆記小說裡的青衣小童（也許她穿舊了那襲青衣，偶然換上這件紅的吧！）我輕輕地摸看她頭上的蝴蝶結。

「凱凱。」

「嗯？」

「你在幹什麼？」

「我，」她躊躇了一下，茫然地說：「我沒幹什麼呀！」

多色的花瓣仍然在多聲的澗水中淌過，在她肥肥白白的小手旁邊亂旋。忽然，她把手一握，小拳頭裡握著幾片花瓣。她高興地站起身來，將花瓣往小紅裙裡一兜，便哼著不成腔的調兒走開了。

我的心像是被什麼擊了一下，她是誰呢？是小凱凱嗎？還是春花的精靈呢？抑或，是多年前那個我自己的重現呢？在江南的那個環山的小城裡，不也住過一個穿紅衣服的小女孩嗎？在春天的時候她不是也愛坐在矮矮的斷牆上，望著遠遠的藍天而沉思嗎？她不是也愛去採花嗎？爬在樹上，弄得滿頭滿臉的都是亂撲撲的桃花瓣兒。等回到家，又總被母親從衣領裡抖出一大把柔柔嫩嫩的粉紅。她不是也愛水嗎？她不是一直夢想著要釣一尾金色的魚嗎？（可是從來不曉得要用釣鉤和釣餌。）每次從學校回來，就到池邊去張望那根細細的竹竿。俯下身去，什麼也沒有——除了那張又圓又憨的小臉。啊，那個孩子呢？那個躺在小溪邊打滾，直揉得小裙子上全是草汁的孩子呢？她隱藏到什麼地方去了呢？

在那邊，那一帶疏疏的樹蔭裡，幾隻毛茸茸的小羊在嚙草，較大的那隻母羊很安詳地躺著。我站得很遠，心裡想著如果能摸摸那羊毛該多麼好。牠們吃著、嬉戲著、笨拙的上下跳躍著。啊，春天，什麼都是活潑潑的，都是喜洋洋的，都是嫩嫩的，都是茸茸的，都是教人喜歡得不知怎麼是好的。

稍往前走幾步，慢慢進入一帶濃烈的花香。暖融融的空氣裡加調上這樣的花香是很醉人的。我走過去，在那很陡的斜坡上，不知什麼人種了一株梔子花。樹很矮，花卻開得極璀璨，白瑩瑩的一片，連樹葉都幾乎被遮光了。像一列可以採摘的六角形星子，閃爍著清淺的眼波。這樣小小的一棵樹，我想，她是拚卻了怎樣的氣力才綻出這樣的一樹春華呢？四下裡很靜，連春風都被甜得膩住了——我忽然發現自己已經站了很久，哦，我莫不是也被膩住了吧！

酢漿草軟軟的在地上攤開、渾樸，茂盛，那氣勢竟把整個山頂壓住了。那種愉快的水紅色，映得我的臉都不自覺地熱起來了！

山下，小溪蜿蜒。從高處俯視下去，陽光的小鏡子在溪面上打著明晃晃的信號。啊，春天多教人迷惘啊！它究竟是怎麼回事呢？是誰負責管理這最初的一季呢？他想來應該是一個神奇的魔術師了，當他的魔術棒一揮，整個地球便美妙地縮小了，縮成一束花球，縮成一方小小的音樂匣子。他把光與色給了世界，把愛與笑給了人類。啊，春天，這樣的魔術季！

小溪比冬天漲高了，遠遠看去，那個負薪者正慢慢地涉溪而過。啊，走在春水裡又是怎樣的滋味呢？或許那時候會恍然以爲自己是一條魚吧？想來做一個樵夫眞是很幸福的，肩上挑著的是松香（或許還夾雜著些山花野草吧），腳下踏的是碧色琉璃（並且是最溫軟，最明媚的一種），身上的灰布衣任山風去刺繡，腳下的破草鞋任野花去穿綴。嗯，做一個樵夫眞是很教人嫉妒的。

而我，我沒有溪水可涉，只有大片大片的綠羅裙一般的芳草，橫生在我面前。我雀躍著，跳過青色的席夢思。山下陽光如潮，整個城市都沉浸在春色裡了。我遂想起我自己的那扇紅門，在四月的陽光裡，想必正煥發著紅瑪瑙的色彩吧！

他在窗前坐著，膝上放著一本布瑞克的國際法案，看見我便迎了過來。我幾乎不能相信，我們已在一個屋頂下生活了一百多個日子。恍惚之間，我只覺得這兒仍是我們共同讀書的校園。而此刻，正是含著驚喜在樓梯轉角處偶然相逢的一刹那。不是嗎？他的目光如昔，他的聲音如昔，我怎能不誤認呢？尤其在這樣熟悉的春天，這樣富於傳奇氣氛的魔術季。

前庭裡，榕樹抽著纖細的芽兒。許多不知名的小黃花正搖曳著，像一串晶瑩透明的夢。還有古雅的蕨草，也善意地沿著牆角滾著花邊兒。啊，什麼時候我們的前庭竟變成一列窄窄的畫廊了。

我走進屋裡，扭亮檯燈，四下便烘起一片熟杏的顏色。夜已微涼，空氣中沁著一些淒迷的幽香。我從書裡翻出那朵梔子花，是早晨自山間採來的，我小心地把它夾入厚厚的大字典裡。

「是什麼?好香，一朵花嗎?」

「可以說是一朵花吧，」我遲疑了一下：「而事實上是一九六五年的春天——我們所共同盼來的第一個春天。」

我感到我的手被一隻大而溫熱的手握住，我知道，他要對我講什麼話了。

遠處的鳥啼錯雜地傳過來，那聲音紛落在我們的小屋裡，四下遂幻出一種林野的幽深——春天該是很深很濃了，我想。

——選自道聲版《曉風散文集》（一九七七年）

初雪

詩詩，我的孩子：

如果五月的花香有其源自，如果十二月的星光有其出發的處所，我知道，你便是從那裡來的。

這些日子以來，痛苦和歡欣都如此尖銳，我驚奇在他們之間區別竟是這樣的少。每當我爲你受苦的時候，總覺得那十字架是那樣輕省。於是我忽然了解了我對你的愛情，你是早春，把芬芳祕密地帶給了園。

在全人類裡，我有權利成爲第一個愛你的人。他們必須看見你，了解你，認識你，而後才決定愛你，但我不需要。你的笑貌在我的夢裡翱翔，具體而又眞實。我愛你沒有什麼可誇耀的，事實上沒有人能忍得住對孩子的愛情。

你來的時候，我開始成爲一個愛思想的人，我從來沒有這樣深思過生命的意義，這樣敬重過生命的價値，我第一次被生命的神聖和莊嚴感動了。

因著你，我愛了全人類，甚至那些金黃色的雛雞，甚至那些走起路來搖擺不定的小狗，牠們全都讓我愛得心疼。

我無可避免地想到戰爭，想到人類最不可抵禦的一種悲劇。我們這一代人像菌類植物一般，生活在戰爭的陰影裡。我們的童年便在壅塞的火車上和顚簸的海船裡度過。而你，我能給你怎樣的一個時代？我們既不能回到詩一般的十九世紀，也不能隱向神話般的阿爾卑斯山，我們注定生活在這苦難的年代，以及苦難的中國。

孩子，每思及此，我就對你抱歉，人類的愚蠢和卑劣把自己陷在悲慘的命運裡。而今，在這充滿核子恐怖的地球上，我們有什麼給新生的嬰兒？不是金鎖片，不是香檳酒，而是每人平均相當一百萬噸ＴＮＴ黃色炸藥的核子威力。孩子，當你用完全信任的眼光看這個世界的時候，你是否看得見那些殘忍的武器正懸在你小小的搖籃上，以及你父母親的大床上？

我生你於這樣一個世界，我也許是錯了。天知道我們爲你安排了一段怎樣的旅程。

但是，孩子，我們仍然要你來，我們願意你和我們一起學習愛人類，並且和人類一起受苦。不久，你將學會爲這一切的悲劇而流淚——而我們的世代多麼需要這樣的淚水和祈禱。

詩詩，我的孩子，有了你我開始變得堅韌而勇敢。我竟然可以面對著冰冷的死亡而無懼於它的毒鉤。我正視著生產的苦難而仍覺傲然。爲你，孩子，我會去勝過它們。我從沒有像現在這樣熱愛過生命。你教會我這樣多成熟的思想和高貴的情操，我爲你而獻上感謝。

前些日子，我忽然想起《新約聖經》上的那句話：「你們雖然沒有見過他，卻是愛他。」我立刻明白愛是一種怎樣獨立的感情。當尤加利樹的梢頭掠過更多的北風，當高山的峰巔開始落下第一片初雪的瑩白，你便會來到。而在你珊瑚色的四肢還沒有開始在這個世界揮舞以前，在你黑玉的瞳仁還沒有照耀這個城市之先，你已擁有我們完整的愛情。我們會教導你在孩提以前先了解被愛。詩詩，我們答應你要給你一個快樂的童年。

寫到這裡，我又模糊地憶起江南那些那麼好的春天，而我們總是伏在火車的小窗上，火車繞著山和水而行，日子似乎就那樣延續著，我仍記得那滿山滿谷的野杜鵑！滿山滿谷又淒涼又美麗的憂愁！

我們是太早懂得憂愁的一代。

而詩詩，你的時代未必就沒有憂愁，但我們總會給你一個豐富的童年，在你所居住的屋頂下沒有屬於這個世界的財富，但有許多的愛，許多的書，許多的理想和夢幻。我們會爲你砌一座故事裡的玫瑰花床，你便在那柔軟的花瓣上遊戲和休息。

當你漸漸認識你的父親，詩詩，你會驚奇於自己的幸運，他誠實而高貴，他親切而善良。慢慢地，你也會發現你的父母相愛得有多麼深。經過這樣多年，他們的愛仍然像林間的松風，清馨而又新鮮。

詩詩，我的孩子，不要以爲這是必然的，這樣的幸運不是每一個孩子都有的。這個世界不是每一對父母都相愛的。曾有多少個孩子在黑夜裡獨泣，在他們還沒有正式投入人生的時候，生命的意義便已經否定了。詩詩，你不會了解那種幻滅的痛苦，在所有的悲劇之前，那是第一齣悲劇。而事實上，整個人類都在相殘著，歷史並沒有教會人類相愛。詩詩，你去教他們相愛吧，像印度詩哲泰戈爾所說的：

> 他們殘暴地貪婪著，嫉妒著，他們的言辭有如隱藏的刀鋒正渴於飲血。
>
> 去，我的孩子，去站在他們不歡之心的中間，讓你溫和的眼睛落在他們身上，有如黃昏的柔靄淹沒那日間的爭擾。
>
> 讓他們看你的臉，我的孩子，因而知道一切事物的意義，讓他們愛你，因而彼此相愛。

詩詩，有一天你會明白，上蒼不會容許你吝守著你所繼承的愛。詩詩。愛是蕾，它必須綻放。它必須在疼痛的破坼中獻出芳香。

詩詩，也教導我們學習更多更高的愛。記得前幾天，一則藥商的廣告使我驚駭不已，那廣告是這樣說的：

孩子，不該比別人的衰弱。下一代的健康關係著我們的面子。要是孩子長得比別人的健康、美麗、快樂，該多好多榮耀啊。

詩詩，人性的卑劣使我不禁齒冷。詩詩，我愛你，我答應你，永不在我對你的愛裡摻入不純潔的成分。你就是你，你永不會被我們拿來和別人比較，你不需要爲滿足父母的虛榮心而痛苦。你在我們眼中永遠傑出，你可以貧窮、可以失敗、甚至可以潦倒。詩詩，如果我們驕傲，是爲你本身而驕傲，不是爲你的健康美麗或者聰明。你是人，不是我們培養的灌木，我們絕不會把你修剪成某種形態來使別人稱讚我們的園藝天才。你可以照你的傾向生長，你選擇什麼樣式，我們都會喜歡——或者學習著去喜歡。

我們會竭力地去了解你，我們會愼重地俯下身去聽你述說一個孩童的祕密願望。我們會帶著同情與諒解幫助你度過憂悶的少年時期。而當你成年，詩詩，我們仍願分擔你的哀傷，人生總有那麼些悲愴和無奈的事，詩詩，如果在未來的日子裡你感覺孤單，請記住你的母親，我們的生命曾一度相繫，我會努力使這種繫聯持續到永恆。我再說，詩詩，我們會試著了解你，以及屬於你的時代。我們會相信你——上帝從未賜下壞的嬰孩。

我們會爲你祈禱，孩子，我們不知道那些古老而太平的歲月會在什麼時候重現。那種好日子終我們一生也許都看不見了。

如果這種承平永遠不會再重現，那麼，詩詩，那也是無可抗拒無可挽回的事。我只有祝福你的心靈，能在苦難的歲月裡有內在的寧靜。

常常記得，詩詩，你不單是我們的孩子，你也屬於山，屬於海，屬於五月裡無雲的天空——而這一切，將永遠是人類歡樂的主題。

你即將長大，孩子，每一次當你輕輕地顫動，愛情便在我的心裡急速漲潮。你是小芽，蘊藏在我最深的心裡，如同音樂蘊藏在長長的簫笛中。

前些日子，有人告訴我一則美麗的日本故事。說到每年冬天，當初雪落下的那一天，人們便坐在庭院裡，穆然無言地凝望那一片片輕柔的白色。

那是一種怎樣虔敬動人的景象！那時候，我就想到你，詩詩，你就是我們生命中的初雪。純潔而高貴，深深地撼動著我。那些對生命的驚服和熱愛，常使我在靜穆中有哭泣的衝動。

詩詩，給我們的大地一些美麗的白色。詩詩，我們的初雪。

——選自道聲版《曉風散文集》（一九七七年）

十月的陽光

那些氣球都飄走了，總有好幾百個罷？在透明的藍空裡浮泛著成堆的彩色，人們全都歡呼起來，彷彿自己也分沾了那份平步青雲的幸運——事情總是這樣的，輕的東西總能飄得高一點，而悲哀拽住我，有重量的物體總是注定要下沉的。

體育場很燦爛，閃耀著晚秋的陽光，禮炮沉沉地響著，這是十月，一九六六年的十月，武昌的故事遠了。西風裡悲壯的往事遠了。

參觀證佩在胸上，人坐在看臺上，忽然不明白自己被請來，是看一齣喜劇，還是悲劇。他們在陽光下看那些發亮的頭盔，看那些褐色的胸膛，而晚上呢？還是到成都路去了，那裡有漆著黑圈的媚眼，有最現代的 A-go-go 。而戰爭呢？戰爭只在那些流汗的臉上，戰爭只在遙遠的岩石島上。

那些人全立在揚起的灰塵裡，在我們的背後，聖火燃燒著，聽說那是從金門太武山傳來的火種（又聽說那是一個很遙遠的地方，和我們成都路的距離須要用光年計算），當那位少校英雄持著火把去點燃那一炷聖火的時候，看臺上全是掌聲，從肥厚多肉的手掌中拍出來，也從柔若無骨的纖手中拍出來，然後他們坐下，很小心的坐在鋪了手帕或報紙的看臺上。

而那些人卻立在灰塵裡，他們年輕的臉被灰塵隔得模糊而不眞實。忽然那些人影退得很遠，草場上只剩下一則一則的故事，從塞北，從江南，那些相同的濡滿淚水的故事。十七年以前，十八年以前或者更早，便是那些故事的開場。那些男孩子走在田埂上，回望著庭裡的一株桃樹，凄迷的紅霧便浸濕在淚眼裡，故園從此不見了，而故事擱淺在一個多棕櫚的島上。一則則的故事，在十月的陽光裡閃躲，想閃開那些可憐的故園中的一抹微紅，想閃開孤燈下母親頭上的一莖白髮。

紅色大柱子下坐著文武百官，那柱子仍然保留著一些東方的自尊，一些恢弘的氣象，這幾乎有點像太平盛世了。從小小的觀劇鏡裡望出去，那八十歲的統帥正坐在中央，那張不曾老去的臉依然刻劃著黃埔，依然刻劃著廣州誓師，那樣抿著的嘴和沉思的眼睛牽動著一個時代的命運，而他坐在這裡，他的心中翻騰著些什麼呢？半個世紀過去了，離亂的中國人民苦痛著，中國人並不吉卜賽，我們是一種即使死在火星上也要把骸骨搬回來的民族。天知道當我們放棄田園而浪跡天涯的時候是一齣怎樣的悲劇。

只是有一些人已經不悲劇了，他們很滿意地說，現在的雲南大頭菜挺不錯，金華火腿也算差強人意了，而水蜜桃兒不是也很像那回事嗎？當他們坐在筵席上的時候，喝的是浙江的紹興酒，手裡握著的是湖南的長筷子，端上來的菜卻有鎮江的肴肉，廣東的白斬雞，北平的烤鴨，四川的辣子雞丁，他們舔舔嘴唇說：這裡很好。

真的。很好，什麼都有了——除了秋日該有歸思以外，我們是什麼都有了。

他坐在那裡，那八十歲的三軍統帥，他的心裡翻騰著復國！他是不願再坐在這裡了，我知道的。六千多個在淚裡沉浮的日子，我們過夠了，中山陵上的落葉已深，我們的手臂因渴望一個掃墓的動作而痠痛。

那些節目進行著，美麗的白刃在陽光裡閃著淒冷的光圈，它們等待喝血的日子已經等足了一個世紀了，而敵人那樣遙遠，我們的刺刀因貧血而蒼白，長長的血槽十七年來除了擦槍油再沒有別的飲料。

對了，飲料，聽說蘋果西打的銷路已經超過黑松，而榮冠可樂又取代了蘋果西打。哈，原來我們也進步得跟喝可口可樂的民族一樣文明了，好漂亮的鴆汁，分六種不同的口味（六塊錢一瓶，岩石島上浴血者的一日所得），我們坦然地喝著，用一根細細的麥管，喝那加了透明冰塊的一日所得。然後我們看報紙，看那些很遙遠的戰爭，在越南的或者在剛果的，然後我們睡覺，養足精神去看今晚觀光飯店裡的脫衣舞。

當單純的鼓聲響起的時候，那些蛙人便戴著潛水鏡出場了。他們全都那樣年輕，有著同色調的紫褐色的肉。多麼漂亮的男人，在陽光下的只著一條短褲的漂亮男人，眞是能教女人發抖的，而他們的動作亮在原始的鼓聲裡，有著可愛的粗野。

其實，說起來很多人都不信的，我們已經很久沒有見過男人了。在我們的城市裡，充斥的只是那種穿西裝、打領帶的生物，那種既沒有骨骼也沒有血液的生物，那種偷偷地在枕頭下面藏著「海狗丸」的生物。

而這裡有很多男人，強壯得令女人發抖的男人，他們卻是沒有女人的。他們在水裡在沙裡的時間也許比陸地上的多，陸地上的溫柔他們是沒有份的，海水、天風環逼著他們，他們的世界裡沒有麻將，沒有酒和酒後的溫柔，他們只有殺人，或者被人殺。

想起殺人，想起海灘上和海底下的肉搏，秋意就忽然濃起來了。那些可愛的男人，他們有時也會被殺的，那眞是不能想像。可是，事實上，他們中間許多人出海以後便沒有再回來了，那樣漂亮的令人發抖的肌肉！

看臺上有輕輕的驚呼，驚奇那些灰塵中的人能演出那樣的動作，他們說：「啊天哪！」他們笑（很溫雅的），又搖頭，互相讚歎。我忽然覺得冷意從齒齦間升起，憤怒使我全身發抖——我拚命把雙腳踏穩，但總覺得整個看臺都被我弄得抖了起來，他們竟敢那樣不在乎的鼓掌，他們竟敢面對赴湯蹈火的壯士而不動容。他們算什麼？他們憑什麼？他們爲什麼能笑，我敢說，除了股票跌價的那陣子，他們是沒有哭過的。

雜在他們中間有許多外國人，很有興味地坐在那裡看這些「落後民族」能演出什麼把戲。那些金髮、銀髮和棕髮的女人都戴著好看的帽子，好看得令人嫉妒，她們是死也不會忘記她們美麗昂貴的帽子的——而我們是沒有帽子的民族，頂在我們黑髮上的除了炎黃子孫那份無可奈何的驕傲就再沒有別的了。

而他們的男人拿著望遠鏡，優閒地坐著。他們那種姿勢和他們在義大利聽歌劇，在西班牙看鬥牛並沒有兩樣——當然並不需要兩樣，戰爭對他們來說是既遙遠又陌生的事，他們只不過是花了錢到別處來表演自大的一些傢伙。我們能多要求什麼呢？沒有人有替別人死的義務，我們生氣，只不過出於嫉妒罷了。嫉妒他們有那樣太平的歲月，有那樣昌隆的國運，就像我們嫉妒那些好看的帽子一樣。

亮著汗水的胸膛退去了，他們背上全是泥沙，貴賓全都很滿意，外賓也都讚賞著，只差沒有人叫「安可」。

那些刺刀，那些汗，那些肌肉全都退去了，那些「一！二！三！四！」，那些「殺！」「嘿！」也停止了。人們把印得很古典的參觀手冊拿來搧涼，想搧走十月裡代替了薄霜的陽光，想搧走戰爭，而搧不走的是滿體育館「殺」的餘音，那蒼涼的，喊了十七年而仍未能施展的吶喊。

然後彩色煙幕輕快地劃下了十二道雲霞，全場歡呼雷動，我忽然忍不住地哭泣了，那十二道彩色在空中停留著，像一群漂亮的龍，卻怎麼也舞不出一個太平盛世的年景來，戰爭仍在，那忘不掉的海峽上的陰影。

起來吧，今天晚上第五水門有很好看的煙花，那煙花有既典雅又響亮的名字，有既輝煌又燦爛的幻象，戰爭那名詞是該被忘掉的。你看，別人不是可以忘掉的嗎？你比他們年輕，你離開故園的時候只不過是一個沒有記憶的孩子，而他們忘了，你何必固執的記著呢？

看臺在一霎間就空了，草場也空了，彩色煙幕變得散亂而又稀薄，我依然坐著，對著紅色的大柱子哭泣，十月的秋陽在淚光裡碎成一千個，一千個秋日的歸思。

忽然從什麼地方有淡淡的荷香飄來，浮在陽光裡，猛然警覺這正是那年秋天在玄武湖深處所發現的那朵荷花的清香，但那香味在我抬起頭來的瞬間忽然退去了，像那些彩色煙幕，變得那樣遙遠模糊。我忍不住地再度哭出聲來——我分不出我是哭那遙遠的故國的荷香，還是哭這島上廉價的陽光？

——選自道聲版《曉風散文集》（一九七七年）

詠物篇

柳

所有的樹都是用「點」畫成的，只有柳，是用「線」畫成的。

別的樹總有花、或者果實，只有柳，茫然地散出些沒有用處的白絮。

別的樹是密碼緊排的電文，只有柳，是疏落的結繩記事。

別的樹適於插花或裝飾，只有柳，適於灞陵的折柳送別。

柳差不多已經落伍了，柳差不多已經老朽了，柳什麼實用價值都沒有——除了美。柳樹不是匠人的樹，它是詩人的樹，情人的樹。柳是愈來愈少了，我每次看到一棵柳都會神經緊張地屏息凝視——我怕我有一天會忘記柳。我怕我有一天讀到白居易「何處未春先有思，柳條無力魏王堤」，或是韋莊的「晴煙漠漠柳毿毿」竟必須去翻字典。

柳樹從來不能造成森林，它注定是堤岸上的植物，而有些事，翻字典也是沒用的，怎麼樣的注釋才能使我們了解蘇堤的柳，在江南的二月天梳理著春風，而隋堤的柳又怎樣茂美如堆煙砌玉的重重簾幕。

柳絲絛子慣於伸入水中，去糾纏水中安靜的雲影和月光。它常常巧妙地逮著一枚完整的水月，手法比李白要高妙多了。

春柳的柔條上暗藏著無數叫做「青眼」的葉蕾，那些眼隨興一張，便噴出幾脈綠葉，不幾天，所有穀粒般的青眼都坼開了。有人懷疑彩虹的根腳下有寶石，我卻總懷疑柳樹根腳下有翡翠——不然，叫柳樹去哪裡吸收那麼多純淨的碧綠呢？

木棉花

所有開花的樹看來都該是女性的，只有木棉花是男性的。

木棉樹又乾又皺，不知爲什麼，它竟結出那麼雪白柔軟的木棉，並且以一種不可思議的優美風度，緩緩地自枝頭飄落。

木棉花大得駭人，是一種耀眼的橘紅色，開的時候連一片葉子的襯托都不要，像一碗紅麴酒，斟在粗陶碗裡，火烈烈地，有一種不講理的架式，卻很美。

樹枝也許是乾得狠了，根根都麻皺著，像一隻曲張的手——肱是乾的，臂是乾的，連手肘、手腕、手指頭和手指甲都是乾的——向天空討求著什麼，撕抓些什麼。而乾到極點時，樹枝爆開了，木棉花幾乎就像是從乾裂的傷口裡吐出來的火焰。

木棉花常常長得極高，那年在廣州初見木棉樹，不知是不是因爲自己年紀特別小，總覺得那是全世界最高的一種樹了，廣東人叫它英雄樹。初夏的公園裡，我們疲於奔命地去接拾那些新落的木棉，也許幾丈高的樹對我們是太高了些，竟覺得每團木棉都是晴空上折翼的雲。

木棉落後，木棉樹的葉子便逐日濃密起來，木棉樹終於變得平凡了，大家也都安下一顆心，至少在明春以前，在綠葉的掩覆下，它不會再暴露那種讓人焦灼的奇異的美了。

流蘇與詩經

三月裡的一個早晨，我到臺大去聽演講，講的是「詞與畫」。

聽完演講，我穿過滿屋子的「權威」，匆匆走出，驚訝於十一點的陽光柔美得那樣無缺無憾——但也許完美也是一種缺憾，竟至讓人憂愁起來。

而方才幻燈片上的山水忽然之間都遙遠了，那些絹，那些畫紙的顏色都黯淡如一盒久置的香。只有眼前的景致那樣眞切地逼來，直把我逼到一棵開滿小白花的樹前，一個植物系的女孩子走過，對我說：「這花，叫流蘇。」

那花極纖細，連香氣也是纖細的，風一過，地上就添了一層纖纖細細的白，但不知怎的，樹上的花卻也不見少。對一切單薄柔弱的美我都心疼著，總擔心它們在下一秒鐘就不存在了。匆忙的校園裡，誰肯為那些粉簌簌的小花駐足呢？

我不太喜歡「流蘇」這個名字，聽來彷彿那些花都是垂掛著的，其實那些花全都向上開著，每一朵都開成輕揚上舉的十字形——我喜歡十字花科的花，那樣簡單地交叉的四個瓣，每一瓣之間都是最規矩的九十度，有一種古樸誠懇的美——像一部四言的《詩經》。

如果要我給那棵花樹取一個名字，我就要叫它詩經，它有一樹美麗的四言。

梔子花

有一天中午，坐在公路局的車上，忽然聽到假警報，車子立刻掉轉方向，往一條不知名的路上疏散去了。

一霎間，彷彿真有一種戰爭的幻影在藍得離奇的天空下湧現——當然，大家都確知自己是安全的，因而也就更有心情幻想自己的災難之旅。

由於是春天，好像不知不覺間就有一種流浪的意味。季節正如大多數的文學家一樣，第一季照例總是華美的浪漫主義，這突起的防空演習簡直有點郊遊趣味，不經任何人同意就自作主張而安排下的一次郊遊。

車子開到一個奇異的角落，忽然停了下來，大家下了車，沒有野餐的紙盒，大家只好咀嚼山水，天空仍藍著，並沒有敵機來襲，那藍，藍得每一種東西都分外透明起來。車停處有一家低簷的人家，在籬邊種了好幾棵複瓣的梔子花，那種柔和的白色是大桶的牛奶裡勾上那麼一點子蜜，在陽光的烤炙中鑿出一條香味的河。

如果花香也有顏色，玫瑰花香所掘成的河川該是紅色的，梔子花的花香所掘的河川該是白色的，但白色有時候比紅色更強烈、更懾人。

也許由於這世界上有單瓣的梔子花，複瓣的梔子花就顯得比一般的複瓣花更複瓣。像是許多疊的浪花，攢在一起，糾住了，扯不開，結成一攢花——這就是梔子花的神話吧！

假的解除警報不久就拉響了，大家都上了車，車子循著該走的正路把各人送入該過的正常生活中去了。而那一樹梔子花複瓣的白和複瓣的香都留在不知名的籬落間，逕自白著香著。

花坼

花蕾是蛹，是一種未經展示未經破繭的濃縮的美，花蕾是正月的燈謎，未猜中前可以有一千個謎底。花蕾是胎兒，似乎渾沌無知，卻有時喜歡用強烈的胎動來證實自己。

花的美在於它的無中生有，在於它的窮通變化。有時，一夜之間，花坼了。有時，半個上午，花胖了。花的美不全在色、香，在於那份不可思議。我喜歡慎重其事地坐著看曇花開放，其實曇花並不是太好看的一種花，它的美在於它的仙人掌的身世所給人的沙漠聯想，以及它猝然而逝所帶給人的悼念。但曇花的坼放卻是一種扎實的美，像一則愛情故事，美在過程，而不在結局。有一種月黃色的大曇花，叫「一夜皇后」的，每顫開一分，便震出噗然一聲，像繡花綳子拉緊後繡針刺入的聲音，所有細緻的蕊絲，登時也就跟著一震，那景象常令人不敢久視——看久了不由得要相信花精花魄的說法。

我常在花開滿前離去，花坼一停止，死亡就開始。

有一天，當我年老，無法看花坼，則我願以一堆小小的春桑枕為收報機，聽百草千花所打的電訊，知道每一夜花坼的音樂。

春之針縷

春天的衫子有許多美麗的花為錦繡，有許多奇異的香氣聚為熏衣小爐，但真正縫紉春天的，仍是那一針一縷最質樸的棉線——

初生的禾田，經冬的麥子，無處不生的草，無時不吹的風，風中偶起的鷺鷥，鷺鷥足下恣意黃著的菜花，菜花叢中因色譜相近而顯得撲朔迷離的小小黃蝶……

跟人一樣，有的花是有名的，有價的，有譜可查的，但有的沒有，那些沒有品秩的花卻紡織了真正的春天。賞春的人常去看盛名的花，但真正的行家卻寧可細察春衫的針縷。

酢漿草常是以一種傾銷的姿態推出那些小小的紫晶酒鍾，但卻從來不粗製濫造。有一種菲薄的小黃花凜凜然地開著，到晚春時也加入拋散白絮的行列，很負責地製造暮春時節該有的淒迷。還有一種小草莓的花，白得幾乎像梨花——讓人不由得心裡矛盾起來，因為不知道該祈禱留它為一朵小白花，或化它為一盞紅草莓。小草莓包括多少神蹟啊。如何棕黑色的泥土竟長出灰褐色的枝子，如何灰褐色的枝子會溢出深綠色的葉子，如何深綠色的葉間會沁出珠白的花朵，又如何珠白的花朵將自己錘鍊為一塊碧澀的祖母綠，而那顆祖母綠又如何終於兌換成渾圓甜蜜的紅寶石。

春天擁有許多不知名的樹，不知名的花草，春天在不知名的針縷中完成無以名之的美麗。

——選自道聲版《曉風散文集》（一九七七年）

唸你們的名字

孩子們，這是八月初的一個早晨，美國南部的陽光舒遲而透明，流溢著一種讓久經憂患的人鼻酸的、古老而寧靜的幸福。助教把期待已久的發榜名單寄來給我，一百二十個動人的名字，我逐一地唸著，忍不住覆手在你們的名字上，爲你們祈禱。

在你們未來漫長的七年醫學教育中，我只教授你們八個學分的國文，但是，我渴望能教你們如何做一個人——以及如何做一個中國人。

我願意再說一次，我愛你們的名字，名字是天下父母滿懷熱望的刻痕，在萬千中國文字中，他們所找到的是一兩個最美麗最醇厚的字眼——世間每一個名字都是一篇簡短質樸的祈禱！

「林逸文」「唐高駿」「周建聖」「陳震寰」，你們的父母多麼期望你們是一個出類拔萃的孩子。「黃自強」「林進德」「蔡篤義」，多少偉大的企盼在你們身上。「張鴻仁」「黃仁輝」「高澤仁」「陳宗仁」「葉宏仁」「洪仁政」，說明了儒家傳統的對仁德的嚮往。「邵國寧」「王為邦」「李建忠」「陳澤浩」「江建中」，顯然你們的父母會曾把你們奉獻給苦難的中國。「陳怡蒼」「蔡宗哲」「王世堯」「吳景農」「陸愷」，含蘊著一個古老圓融的理想。我常驚訝，為什麼世人不能虔誠地細味另一個人的名字？為什麼我們不懂得恭敬地省察自己的名字？每一個名字，不論雅俗，都自有它的哲學和愛心。如果我們能用細膩的領悟力去叫別人的名字，我們便能學會更多的互敬和互愛，這世界也可以因此而更美好。

這些日子以來，也許你們的名字已成為鄉梓鄰里間一個幸運的符號，許多名望和財富的預期已模模糊糊和你們的名字聯在一起。許多人用歆慕的眼光望著你們，一方無形的匾已懸在你們的眉際。有一天，「醫生」會成為你們的第二個名字，但是，孩子們，什麼是醫生呢？一件比常人更白的衣服？一筆比平民更飽漲的月入？一個響亮榮耀的名字？孩子們，在你們不必諱言的快樂裡，抬眼望望你們未來的路吧！

什麼是醫生呢？孩子們，當一個生命在溫濕柔韌的子宮中悄然成形時，你，是第一個宣佈這神聖事實的人。當那蠻橫的小東西在嘗試轉動時，你是第一個窺得他在另一個世界的心跳的人。當他陡然衝入這世界，是你的雙掌，接住那華麗的初啼。是你，用許多防疫針把成為正常的權利給了嬰孩。是你，辛苦地拉動一個初生兒的船縴，讓他開始自己的初航。當小孩半夜發燒的時候，你是那些母親理直氣壯打電話的對象。一個外科醫生常像周公旦一樣，是一個在簡單的午餐中三次放下食物走入急救室的人。有的時候，也許你只須爲病人擦一點紅汞水，開幾顆阿斯匹林，但也有時候，你必須爲病人切開肌膚，拉開肋骨，撥開肺葉，將手術刀伸入一顆深藏在胸腔中的鮮紅心臟。你甚至有的時候必須忍受眼看血癌吞噬一個稚嫩無辜的孩童而束手無策的裂心之痛！一個出名的學者來見你的時候，可能只是一個脾氣暴烈的牙痛病人。一個成功的企業家來見你的時候，可能只是一個氣結的哮喘病人。一個偉大的政治家來見你的時候，也許什麼都不是，他只剩下一口氣，拖著一個中風後的癱瘓的身體。候診室裡美麗的女明星，或者只是一個長期失眠的、神經衰弱的、有自殺傾向的患者。你陪同病人經過生命中最黯淡的時刻，你傾聽垂死者的最後一聲呼吸、探察他的最後一槌心跳。你開列出生證明書，你在死亡證明書上簽字，你的臉寫在嬰兒初閃的瞳仁中，也寫在垂死者最後的凝望裡。你陪同人類走過生、老、病、死，你扮演的是一個怎樣的角色啊！一個眞正的醫生怎能不是一個聖者。

事實上，作爲一個醫者的過程正是一個苦行僧的過程，你需要學多少東西才能免於自己的無知，你要保持怎樣的榮譽心才能免於自己的無行，你要幾度猶豫才能狠下心拿起解剖刀切開第一具屍體，你要怎樣自省，才能在千萬個病人之後免於職業性的冷靜和無情。在成爲一個醫治者之前，第一個需要被醫治的，應該是我們自己。在一切的給予之前，讓我們先成爲「擁有」的人。

孩子們，我願意把那則古老的「神農氏嘗百草」的神話再說一遍，《淮南子》上說：「古者，民茹草飲水，采樹木之實，食蠃蛖之肉，時多疾病毒傷之害，於是神農乃始教民播種五穀，相土地宜，燥濕肥墝高下，嘗百草之滋味，水泉之甘苦，令民知所辟就，當此之時，一日而遇七十毒。」

神話常是無稽的，但令人動容的是一個行醫者的投入精神，以及那種人飢己飢、人溺己溺、人病己病的同情。身爲一個現代的醫生當然不必一天中毒七十次，但貼近別人的痛苦，體諒別人的憂傷，以一個單純的「人」的身分，惻然地探看另一個身罹疾病的「人」仍是可貴的。

記得那個「懸壺濟世」的故事嗎？「市中有老翁賣藥，懸一壺於肆頭。及市罷，輒跳入壺中，市人莫之見。」——那老人的藥，事實上應該解釋成他自己。孩子們，這世界上不缺乏專家，不缺乏權威，缺乏的是一個「人」，一個肯把自己給出去的人。當你們幫助別人時，請記得醫藥是有時而窮的，唯有不竭的愛能照亮一個受苦的靈魂。古老的醫術中不可缺的是「探脈」，我深信那樣簡單的動作裡蘊藏著一些神祕的象徵意義，你們能否想像用一個醫生敏感的指尖去探觸另一個人的脈搏的神聖畫面。

因此，孩子們，讓我們怵然自惕，讓我們清醒地推開別人加給我們的金冠，而選擇長程的勞瘁。誠如耶穌基督所說：「非以役人，乃役於人。」眞正偉人的雙手並不浸在甜美的花汁中，它們常忙於處理一片惡臭的膿血。眞正偉人的雙目並不凝望最翠拔的高峰，它們低俯下來察看一個卑微的貧民的病容。孩子們，讓別人去享受「人上人」的榮耀，我只祈求你們善盡「人中人」的天職。

我曾認識一個年輕人，多年後我在紐約遇見他，他開過計程車，做過跑堂，試過各式各樣的生存手段——他仍在認眞地唸社會學，而且還在辦雜誌。一別數年，恍如隔世，但最安慰的是當我們一起走過曼哈頓的市聲，他無愧地說：「我還抱持著我當年那一點對人的關懷，對人的好奇，對人的執著。」其實，不管我們研究什麼，可貴的仍是那一點點對人的誠意。我們可以用讚歎的手臂擁抱一千條銀河，但當那燦爛的光流貼近我們的前胸，其中最動人的音樂仍是一分鐘七十響的雄渾堅實如祭鼓的人類的心跳！孩子們，儘管人類製造了許多邪惡，人體還是天眞的、可尊敬的奧祕的神蹟。生命是壯麗的、強悍的，一個醫生不是生命的創造者——他只是協助生命神蹟保持其本然秩序的人。孩子們，請記住你們每一天所遇見的不僅是人的「病」，也是病的「人」，人的眼淚，人的微笑，人的故事，孩子們，這是怎樣的權利！

作爲一個國文老師，我所能給你們的東西是有限的。幾年前，曾有一天清晨，我走進教室，那天要上的課是《詩經》——而我們剛得到退出聯合國的消息。我捏著那古老的詩冊，望著臺下而哽咽了。眼前所能看見的是二十世紀的烽煙，而課程的進度卻要我去講三千年前的詩篇，詩中有的是水草浮動的清溪，是楊柳依依的水湄，是鹿鳴呦呦的草原，是溫柔敦厚的民情。我站在臺上，望著臺下激動的眼神，仍然決定講下去。那美麗的四言詩是一種永恆，我告訴那些孩子們有一種東西比權力更強，比疆土更強，那是文化——只要國文尚在，則中國尚在，我們仍有安身立命之所。孩子們，選擇做一個中國人吧！你們曾由於命運生為一個中國人，但現在，讓我們以年輕的、自由的肩膀，選擇擔起這份中國人的軛。但願你們所醫治的，不僅是一個病人的沉痾，而是整個中國的羸弱。但願你們所縫補的不僅是一個病人的傷痕，而是整個中國的癰疽。孩子們，所有的良醫都是良相——正如所有的良相都是良醫。

長窗外是軟碧的草茵，孩子們，你們的名字浮在我心中，我浮在四壁書香裡，書浮在黯紅色的古老圖書館裡，圖書館浮在無際的紫色花浪間，這是一個美麗的校園。客中的歲月看盡異國的異景，我所縈懷的仍是臺北三月的杜鵑。孩子們，我們不曾有一個古老幽美的校園，我們的校園等待你們的足跡使之成為美麗。

孩子們，求全能者以廣大的天心包覆你們，讓你們懂得用愛心去托住別人。求造物主給你們內在的豐富，讓你們懂得如何去分給別人。某些醫生永遠只能收到醫療費，我願你們收到的更多——我願你們收到別人的感念。

唸你們的名字，在鄉心隱動的清晨。我知道有一天將有別人唸你們的名字，在一片黃沙飛揚的鄉村小路上，或是曲折迂迴的荒山野嶺間，將有人以祈禱的嘴唇，默唸你們的名字。

——選自道聲版《曉風散文集》（一九七七年）

半局

楔子

漢武帝讀司馬相如的子虛賦，忽然悵恨地說：

「朕獨不得與此人同時哉！」

他錯了，司馬相如並沒有死，好文章並一定都是古人做的，原來他和司馬相如活在同一度的時間裡。好文章、好意境加上好的賞識，使得時間也有情起來。

我不是漢武帝，我讀到的也不是子虛賦，但蒙天之幸，讓我讀到許多比漢賦更美好的「人」。

我何幸曾與我敬重的師友同時，何幸能與天下人同時，我要試著把這些人記下來。千年萬世之後，讓別人來羨慕我，並且說：「我要是能生在那個時代多麼好啊！」

大家都叫他杜公——雖然那時候他才三十幾歲。

他沒有教過我的課——不算我的老師。

他和我有十幾年之久在一個學校裡，很多時候甚至是在一間辦公室裡——但是我不喜歡說他是「同事」。

說他是朋友嗎？也不然，和他在一起雖可以聊得逸興遄飛，但我對他的敬意，使我始終不敢將他列入朋友類。

說「敬意」幾乎又不對，他這人毛病甚多，帶稜帶刺，在辦公室裡對他敬而遠之的人不少，他自己成天活得也是相當無奈，高高興興的日子雖有，咳聲嘆氣的日子更多。就連我自己，跟他也不是沒有鬥過嘴，使過氣，但我驚奇我眞的一直尊敬他，喜歡他。

原來我們不一定喜歡那些老好人，我們喜歡的是一些赤裸、直接的人——有瑕的玉總比無瑕的玻璃好。

杜公是黑龍江人，對我這樣年齡的人而言，模糊的意念裡，黑龍江簡直比什麼都美，比愛琴海美，比維也納森林美，比龐貝古城美，是榛莽淵深，不可仰視的。是千年的黑森林，千峰的白積雪加上浩浩萬里、裂地而奔竄的江水合成的。

那時候我剛畢業，在中文系裡做助教，他是講師，當時學校規模小，三系合用一個辦公室，成天人來人往的，他每次從單身宿舍過來，進了門就嚷：

「我來『言不及義』啦！」

他的喉嚨似乎曾因開刀受傷，非常沙啞，猛聽起來簡直有點凶惡（何況他又長著一副北方人魁梧的身架），細聽之下才發覺句句珠璣，令人絕倒。後來我讀到唐太宗論魏徵（那個凶凶的、逼人的魏徵），卻說其人「嫵媚」，幾乎跳起來，這字形容杜公太好了——雖然杜公粗眉毛，瞪凸眼，嘎嗓子，而且還不時罵人。

有一天，他和另一個助教談西洋史，那助教忽然問他那段歷史中兄弟爭位後來究竟是誰死了，他一時也答不上來，兩個人在那裡久久不決，我聽得不耐煩：

「我告訴你，既不是哥哥死了，也不是弟弟死了，反正是到現在，兩個人都死了。」

說完了，我自己也覺一陣悲傷，彷彿《紅樓夢》裡張道士所說的一個喫它一百年的療妒羹——當然是效驗的，百年後人都死了。

杜公卻拊掌大笑：

「對了，對了，當然是兩個都死了。」

他自此對我另眼看待，有話多說給我聽，大概覺得我特別能欣賞——當然，他對我特別巴結則是在他看上跟我同住的女孩之後，那女孩後來成了杜夫人，這是後話，暫且不提。

杜公在學生餐廳吃飯，別的教職員拿到水淋淋的餐盤都要小心的用衛生紙擦乾（那是十幾年前，現在已改善了），杜公不然，只把水一甩，便去盛兩大碗飯，他吃得又急又多又快，不像文人。

「擦什麼？」他說，「把濕細菌擦成乾細菌罷了！」

吃完飯，極難喝的湯他也喝：

「生理食鹽水，」他說，「好欸！」

他大概吃過不少苦，遇事常有驚人的瀟脫，他回憶在政大讀政治研究所時說：

「蛇眞多——有一晚我洗澡關門時夾死了一條。」

然後他又補充說：

「當時天黑，我第二天才看到的。」

他住的屋子極小，大約是四個半榻榻米，宿舍人又雜，他種了許多盆盆罐罐的曇花，不時邀我們清賞，夏天招待桂花綠豆湯、郁李（他自己取的名字，做法是把黃肉李子熬爛，去皮核，加蜜冰鎭），冬天是臘八粥或豬腿肉紅煨乾魷魚加粉絲。我一直以爲他對蒔花深感興趣，後來才弄清楚，原來他只是想用那些多刺的盆盆罐罐圍滿走廊，好讓閒雜人等不能在他窗外聊天——窮教員要爲自己創造讀書環境眞難。

「這房子倒可以叫『不畏齋』了！」他自嘲道，「四十、五十而無聞焉，其亦不足畏也——孔夫子說的。」

他那一年已過了四十歲了。

當然，也許這一代的中國人都不幸，但我卻比較特別同情民國十年左右出生的人，更老的一輩趕上了風雲際會，多半騰達過一陣。更年輕的在臺灣長大，按部就班地成了青年才俊。獨有五十幾歲的那一代，簡直是爲受苦而出世的，其中大部分失了學，甚至失了家人，失了健康，勉力苦讀的，也拿不出漂亮的學歷，日子過得抑鬱寡歡。

這讓我想起漢武帝時代的那個三朝不被重用的白髮老人的命運悲劇——別人用「老成謀國」者的時候，他還年輕；別人用「青年才俊」的時候他又老了。

杜公能寫字，也能做詩，他隨寫隨擲，不自珍惜，卻喜歡以米芾自居。

「米南宮哪，簡直是米南宮哪！」大夥也不理他。他把那幅「米南宮眞跡」一握，也就丟了。

有一次，他見我因爲一件事而情緒不好，便仿韓愈〈送李愿歸盤谷序〉中「大丈夫之不得意於時也」的意思作了一篇〈大小姐之不得意於時也〉的賦，自己寫了，奉上，令人忍俊不禁。

又有一次，一位朋友畫了一幅石竹，他搶了去，爲我題上「淵淵其聲，娟娟其影」，墨潤筆酣，句子也莊雅可喜，裱起來很有精神。其實，我一直沒有告訴他，我喜歡他，遠在米芾之上，米芾只是一個遙遠的八百年前的名字，他才是一個人，一個眞實的人。

杜公愛憎分明，看到不順眼的人或事他非爆出來不可。有一次他極討厭的一個人調到別處去了，後來得意洋洋地穿了新機關的制服回來，他不露聲色的說：

「這是制服嗎？」

「是啊！」那人愈加得意。

「這是制帽？」

「是啊！」

「這是制鞋？」

「是啊！」

那個不學無術的傢伙始終沒有悟過來制鞋、制帽是指喪服的意思。

他另外討厭的一個人一天也穿了一身新西裝來炫耀。

「西裝倒是好，可惜裡面的不好！」

「哦，襯衫也是新買的呀！」

「我是指襯衫裡面的。」

「汗衫？」

「比汗衫更裡面的！」

很多人覺得他的嘴刻薄，不厚道，積不了福，我倒很喜歡他這一點，大概因爲他做的事我也想做——卻不好意思做。天下再沒有比鄉愿更討厭的人，因此我連杜公的缺點都喜歡。

——而且，正因爲他對人對物的挑剔，使人覺得受他賞識眞是一件好得不得了的事。

其實，除了罵罵人，看穿了他還是個「剪刀嘴巴豆腐心」，記得我們班上有個男孩，是橄欖球隊隊長，不知怎麼陰錯陽差分到中文系來了。有一天，他把書包擱在山徑旁的一塊石頭上，就去打球了，書包裡的一本《中國文學發達史》滑出來，落在水溝裡，泡得透濕。杜公撿起來，給他晾著，晾了好幾天，這位仁兄才猛然想到書包和書，杜公把小心晾好的書還他，也沒罵人，事後提起那位成天一身泥水一身汗的男孩，他總是笑孜孜的，很溫暖地說：

「那孩子！」

杜公絕頂聰明，才思敏捷，涉獵甚廣，而且幾乎可以過目不忘，所以會意獨深。他說自己少年時喜歡詩詞，好發詩論。忽有一天讀到王國維的《人間詞話》，大吃一驚，原來他的論調竟跟王國維一樣，他從此不寫詩論了。

杜公的論文是《中國歷代政治符號》，很爲識者推重，指導教授是當時政治研究所主任浦薛鳳先生，浦先生非常欣賞他的國學，把他推薦來教書，沒想到一直開的竟是國文課。學生國文程度不好——而且也不打算學好，他常常氣得瞪眼。

有一次我在嘆氣：

「我將來教國文，第一，扮相就不好。」

「算了，」他安慰我，「我扮相比你還糟。」

眞的，教國文似乎要有其扮相，長袍，白鬍，咳嗽，搖頭晃腦，詩云子曰，陰陽八卦，抬眼看天，無視於滿教室的傳紙條，瞌睡，K英文。不想這樣教國文課的，簡直就是一種怪物。

碰到某些老先生他便故作神秘地說：

「我叫杜奎英，奎者，大卦也。」

他說得一本正經，別人走了，他便縱聲大笑。

日子過得不快活，但無妨於他言談中說笑話的密度，不過，笑話雖多，總不失其正正經經讀書人的矩度。他創立了《思與言》雜誌，在十五年前以私人力量辦雜誌，並且是純學術性的雜誌，眞是要有「知其不可而爲之」的勇氣，杜公比大多數《思與言》的同仁都年長些，但是居然慨然答應做發行人，臺大政治系的胡佛教授追憶這段往事，有很生動的記載：

「那時的一些朋友皆值二十與三十之年，又受過一些高等教育，很想藉新知的介紹，做一點知識報國的工作。所以在興致來時，往往商量著創辦雜誌，但多數在興致過後，又廢然而止。不過有一次數位朋友偶然相聚，又舊話重提，決心一試。爲了躲避臺北夏季的熱浪，大家另約到碧潭泛舟，再作續談。奎英兄雖然受約，但他的年齡略長，我們原很怕他涉世較深，熱情可能稍減。正好在買舟時，他尚未到，以爲放棄。到了船放中流，大家皆談起奎英兄老成持重，且沒有公教人員的身分，最符合政府所規定的雜誌發行人的資格，惜他不來。說到興處，忽見昏黑中，一葉小舟破水追蹤而來，並靠上我們的船舷。打槳的人奮身攀沿而上，細看之下竟是奎英兄。大家皆高聲叫道：發行人出現了。奎英兄的豪情，的確不較任何人爲減，他不但同意一肩挑起發行人的重責，且對刊物的編印早有全盤的構想。」

其實，何止是發行人？他何嘗不是社長、編輯、校對，乃至於寫姓名發通知的人？（將來的歷史要記載臺灣的文人，他們共有的可愛之處便是人人都灰頭土臉地編過雜誌）他本來就窮，至此更是只好「假私濟公」，愈發窮了，連結婚都得舉債。

杜公的戀愛事件和我關係密切，我一直是電燈泡，直到不再被需要爲止。那實在也是一場痛苦纏綿的戀愛，因爲女方全家幾乎是抵死反對。

杜公談起戀愛，差不多變了一個人，風趣、狡黠、熱情洋溢。

有一次他要我帶一張英文小紙條回去給那女孩，上面這樣寫：

「請你來看一張全世界最美麗的圖畫，
會讓你心跳加速
呼吸急促
……」

小寶（我們都這樣叫她）和我想不通他那裡弄來一張這種圖畫，及至跑去一看，原來是他爲小寶加洗的照片。

他又去買些粗鉛絲，用槌子把它錘成烤叉，帶我們去內雙溪烤肉。

也不知道他那裡學來那麼多稀奇古怪的本領，問他，他也只神秘地學著孔子的口吻說：「吾多能鄙事。」

小寶來請教我的意見，這倒難了，兩人都是我的朋友，我曾是忠心不二的電燈泡，但朋友既然問起意見，我也只好實說：

「要說朋友，他這人是最好的朋友；要說丈夫，他倒未必是好丈夫，他這種人一向厚人薄己，要做他太太不容易，何況你們年齡相懸十七歲，你又一直要出國，你全家又都如此反對……」

眞的，要家長不反對也難，四十多歲了，一文不名，人又不漂亮，同事傳話，也只說他脾氣偏執，何況那時候女孩子身價極高。

從一切的理由看，跟杜公結婚是不合理性的——好在愛情不講究理性，所以後來他們還是結婚了。奇怪的是小寶的母親至終倒也投降了，並且還在小寶出國進修期間給他們帶了兩年孩子。

杜公不是那種憐香惜玉低聲下氣的男人，不過他做丈夫看來比想像中要好得多，他居然會燒菜、會拖地、會插個不知什麼流的花，知道自己要有孩子，忍不住興奮地叨唸著：「唉，姓杜眞討厭，眞不好取名字，什麼好名字一加上杜字就弄反了。」

那麼粗獷的人一旦柔情起來，令人看著不免心酸。

他的女兒後來取名「杜可名」，出於《老子》，眞是取得好。

他後來轉職政大，我們就不常見面了，但小寶回國時，倒在我家吃了一頓飯，那天許多同事聚在一起，加上他家的孩子，我家的孩子——著實熱鬧了一場。事後想來，凡事都是一時機緣，事境一過，一切的熱鬧繁華便終究成空了。

不久就聽說他病了，一打聽已經很不輕，肺中膈長癌，醫生已放棄開刀，杜公是何等聰明的人，他立刻什麼都明白了，倒是小寶，他一直不讓她知道。

我和另外二個女同事去看他，他已黃瘦下來，還是熱呼呼地弄兩張椅子要給我們坐，三個人推來讓去都不坐，他一逕堅持要我們坐。

「哎呀，」我說：「你眞是要二椅殺三女呀！」

他笑了起來——他知道我用的是「二桃殺三士」的典故，但能笑幾次了呢？我也不過強顏歡笑罷了。

他仍在抽菸，我說別抽了吧！

「現在還戒什麼？」他笑笑，「反正也來不及了。」

那時節是六月，病院外夏陽艷得不可逼視，暑假裡我即將有旅美之行——我知道那是我最後一次看他了。

後來我寄了一張探病卡，勉作豪語：

「等你病好了，咱們再煮酒論戰。」

寫完，我傷心起來，我在撒謊，我知道旅美回來，迎我的將是一紙過期的訃聞。

旅美期間，有時竟會在異國的枕榻上驚醒，我夢見他了，我感到不祥。

對於那些英年早逝棄我而去的朋友，我的情緒與其說是悲哀，不如說是憤怒！

正好像一群孩子，在廣場上做遊戲，大家才剛弄清楚遊戲規則，才剛明白遊戲的好玩之處，並且剛找好自己的那一夥，其中一人卻不聲不響的半局而退了，你一時怎能不愕然得手足無措，甚至覺得被什麼人騙了一場似的憤怒！

滿場的孩子仍在遊戲，屬於你的遊伴卻不見了！

九月返國，果眞他已於八月十四日去世了，享年五十二歲，孤女九歲，他在病榻上自擬的輓聯是這樣的：

「天道好還，國族必有前途，惟劫難方殷，先死亦佳，勉無深惡大罪，可以笑謝茲世；」

「人間多苦，事功早摒奢望，已庸碌一生，倖存何益，忍拋孤嫠弱息，未免愧對私心。」

但寫得尤好的則是代女兒輓父的白話聯：

「爸爸曾說要陪我直到結婚生了娃娃，而今怎教我立刻無處追尋，你怎捨得這個女兒；」

「女兒只有把對您那份孝敬都給媽媽，以後希望你夢中常來看顧，我好多喊幾聲爸爸。」

讀來五內翻湧，他眞是有擔當、有抱負、有才華的至情至性的人。

也許因爲沒有參加他的葬禮，感覺上我幾乎一直欺騙自己他還活著，尤其每有一篇自己比較滿意的作品，我總想起他來，他那人讀文章嚴苛萬分，輕易不下一字褒語，能被他擊節讚美一句，是令人快樂得要暈倒的事。

每有一句好笑話，也無端想起他來，原來這世上能跟你共同領略一個笑話的人竟如此難得。

每想一次，就悵然久之，有時我自己也驚訝，他活著的時候，我們一年也不見幾面，何以他死了我會如此嗒然若失呢？我想起有一次看到一副對聯，現在也記不眞切，似乎是江兆申先生寫的：

相見亦無事
不來常思君

眞的，人和人之間有時候竟可以淡得十年不見，十年既見卻又可以淡得相對無一語，即使相對應答又可以淡得沒有一件可以稱之爲事情的事情，奇怪的是淡到如此無干無涉，卻又可以是相知相重、生死不捨的朋友。

——原載一九七七年五月《中華日報》．選自大地版《你還沒有愛過》（一九八三年）

大音

大音希聲，大象希形

——老子

他曾經給我們音樂，而現在，他不能再給我們了。

但眞正的大音可以不藉聲律，眞正震撼人的巨響可以是沉寂，所以，他仍在給我們音樂。

他是史惟亮先生。

對我而言，他差不多是一種傳奇性的人物，《滾滾遼河》那部書裡，他做的是敵後工作，在東北——那神秘的，悲壯的土地上（只有在那山林榛莽江河浩渺的土地上，才能孕育出他這樣純潔的人物吧！）他又在西班牙，在德國學音樂，是作曲家，是音樂理論家，一心想弄好一座音樂圖書館，他還不時跋山涉水地去採民謠……

去年秋天，我託人交了一本我的舞台劇《嚴子與妻》給他，不久，我跟他打電話，他的聲音異樣地柔和：

「我好喜歡這劇本，寫得眞美。」

作爲一個劇作者，在精神上差不多是赤裸的，任何人可以給你讚美也可以給你鞭笞，我早已學會了淡然，但史先生的讚美不同，我激動地抓緊電話筒。

「我可以幫得上什麼忙嗎？」

我正不知如何開口，他竟那麼仁慈地先說了。

「我對配樂的構想是這樣的，我認爲戲劇是主，音樂不可以喧賓奪主，我希望觀眾甚至沒有發現到音樂——雖然音樂一直在那裡。中國音樂向來就不霸道的。」

他的話雖說得很簡單，但是我還是覺得驚奇，讓一個藝術家做這樣多的讓步，在別人少不了要經過跟對方的辯論，跟自己的矛盾，直到最後才得到協調，而在史先生，卻是這樣自然簡單。

秋意更深時，他交出了初步的錄音帶，那天舞台和燈光的設計聶光炎先生也來了，負責視覺效果的和負責聽覺效果的開始彼此探索對方，來作更進一步的修正。

「眞謝謝你，藉著這個機會我倒是想了許多我從前沒有想過的東西，對我很有用。」

——他總是令我驚訝，應該致謝的當然是我，可是他竟說那樣的話，似乎有人批評他生性孤傲，但是我所知道的史先生卻是異樣的謙遜。

劉鳳學先生知道史先生答應配樂，很感奇怪：

「他暑假才動過大手術的。」

「手術？」我完全茫然。

「是的，癌症。」

不，不會的，不是癌症，一定什麼人傳錯了話，他看起來健康而正常，或者那東西已經割除了，總之，癌不該和他有關係，他還有許多事要做。

他差不多總在微笑，他的牙齒特別白，特別好看，他的鼻以上有一種歷經歲月和憂患的滄桑的美，鼻以下卻是一種天眞的童稚的美。他的笑容使我安心，笑得那麼舒坦的人怎麼可能是癌症病人！

他把配樂都寫好了，找齊了人，大夥兒在錄音室裡工作了十二個小時，才算完成。

他對導演黃以功說：「這大概是我們最後一次合作了。」

我去打聽，他得的眞的是癌，而且情形比想像的還糟，醫生根本沒有給他割毒瘤，他們認爲已經沒有辦法割了，醫生起先甚至沒有告訴他眞實的情形，但他對一位老友說：「我已經知道了，我在朋友們的眼睛裡看出來的。」

——聽了那樣的話我很駭然，以後我每次去看他的時候都努力注意自己的眼神有沒有調整好，即使是欺騙，我也必須讓他看到一雙快樂的眼睛。

十一月，我們爲了演出特刊而照相，他遠從北投趕到華視攝影棚，那天他穿著白底藍條襯衫，藍灰色的夾克，他有一種只有中國讀書人才可能有的既絕塵而又舒坦的優美。

爲了等別人先攝，我們坐下聊天，他忽然說想兒童節辦一次兒童歌舞劇的演出，他說已找了四個學生，分別去寫兒童歌舞劇了，那天我手邊剛好有份寫給小女兒的兒歌，題目是〈全世界都在滑滑梯〉：

桃花瓣兒在風裡滑滑梯
小白魚在波浪上滑滑梯
夏夜的天空是滑梯
留給一顆小星去玩皮
荷葉的綠茸茸的滑梯
留給小水滴
從鍵盤上滑下來的是
朵、瑞、瞇、發、梭、拉、提
從搖籃裡滑出來的是

小表妹夢裡的笑意
眞的，眞的
全世界都在滑滑梯

他看了，大爲高興，問我還有多少，他說可以串成一組來寫，我也很興奮，聽到藝術家肯俯身爲孩子做事，我總是感動的，我後來蒐集了十幾首，拿去給他——卻是拿到醫院裡給他的，他坐在五病房的接待室裡，仍然意氣昂揚，仍然笑得那麼漂亮：

「每一首都可以寫，我一出去就寫，眞好。」

後來他一直未能出院，他不知是安慰自己還是我，他說：「醞釀得久些，對創作只有好處。」

他還跟我談他的歌劇，前面一部分序曲已寫好，倒是很像《繡襦記》裡的鄭元和成爲歌郎去鬻技的那段。他敘述一個讀書人在一場賣唱人的競歌中得到第一，結果眾賣唱人排擠他，他終於在孤單的，不被接納的情形下，直奔深山，想要參悟生命究竟是什麼。可惜中間這段的歌詞部分（其實不是歌詞部分，而是思想部分）他還想不到較好的處理方法，他提到這齣未完成的歌劇有一點點惆悵，他說：

「在國外，一個大歌劇應該是由一個基金會主動邀請作曲家寫的，那樣就省力多了。」

他說得很含蓄，而且也沒有抱怨誰，在所有的藝術家中，作曲家幾乎是比劇作家更悽慘的，他必須自己寫，自己抄，自己去找演奏的人，並且負責演出（事實上，目前連可供演出的理想地方也沒有），一個歌劇連管絃樂隊動輒百人以上，那裡是個教員所能負擔的，他的歌劇寫不下去是一件令人神傷的事。

在醫院裡，他關心的也不是自己，聖誕節，榮總病房的前廳裡有一株齊兩層樓高的聖誕樹，他很興奮：

「我跟醫院說，讓我的學生來奉獻一點聖誕音樂好不好，可惜醫院不答應，怕吵了病人。」

談到病，他說：「知道有病，有兩種心情，一種是急，想到要好好的把應該做的事做完，一種反而是輕鬆——什麼都不必在乎了。」

冬天沉寂的下午，淡淡的日影，他的眼神安靜深邃，你跟他談話，他讓你走入他的世界，可是，顯然地，他還有另一個世界，你可以感到他的隨和從眾，可是你又同時感到他的孤獨。

鈷六十對他根本無效，化學療法只有使他的病情惡化，有一次他說：

「要是我住在一個小地方，從來不知有現代醫學，也許我會活得久些，其實那東西回想起來，我在馬德里就有——我的身體有辦法把它壓在那裡七八年，想想，前幾年我不是還漫山遍野地跑著去找民謠嗎？」

我喜歡他說自己的身體機能可以把癌症壓抑七八年的那種表情，他始終都是自信的。

《嚴子與妻》上演了，他很興奮，把我們送他的票都送給了醫生，卻自己掏錢給孩子買了票，我們給他一萬元的作曲費，他也不收，他說：

「我從來沒有想過錢這回事，你們可以奉獻，我也奉獻吧！」

他向醫院請假要去看戲，院方很爲難：

「讓我去，也許是最後一次！」

他到了，坐在藝術館裡，大家都動容了，在整個浩瀚的宇宙劇場中，即使觀眾席上只有史先生一人，我們的演出也就有了價值。

幕落了，我們特別介紹史先生，他在掌聲中站起來，趕到後臺和演員握手，演嚴子的王正良忍不住嚎啕大哭起來。劇場原是最熙攘也最荒涼的地方，所有的聚無非成散，所有的形象終歸成空幻——那是他死前四十三天，他安慰啜泣不已的正良，他說：

「演員的壓力也眞重啊！」

他倒去安慰演員，他眞是好得教人生氣！他從不叫一聲苦，倒像生病的是別人，連醫生問他，他也不太說，只再三致謝——而其實，不痛苦是不可能的。

有一次，我去看他，他躺著，故作輕鬆的說：

「我不起來，我有點『懶』。」

他不說不舒服，只說「懶」，我發覺他和探病者之間總在徒勞無益地彼此相騙。

由於在醫學院教書，我也找話來騙他，「有一個教授告訴我兩組實驗，有兩組老鼠，都注射了肺結核，但第二組又加注了腎上腺，結果第一組老鼠都是一副病容，第二組老鼠仍然很興奮，爬上爬下的活動。」

「對，」他很高興，「我就是那第二種老鼠。」

我也許不算騙他，我只是沒有把整個故事講完，實驗的結果是第二組老鼠突然死了，解剖起來，才發現整個肺都已經爛了——那些老鼠不是沒有病，只是在體內擁有一些跟病一樣強的東西。

戲演完了，照例的尾聲是挨罵，我原來也不是什麼豁然大度的人，只是挨慣了罵頗能了解它是整個演出環節中必然發生的一部分，也就算了，倒是他來安慰我：

「別管他們，我這兒收到一大把信，都是說好話的。」他竟來安慰我！

他的白血球下降了。

他開始用氧氣了。

他開始肺積水了。

也不知誰在騙誰，我們仍在談著出院以後合作一個 Cantata（清唱劇）的事，那已是他死前十天了，他說：

「我希望來幫你忙。」

其實，我對 Cantata 的興趣不大，我只是想給一個瀕死的人更多活下去的力量，我想先把主旋律給他看，但那是蘇武在冰天雪地中面臨死亡所唱的一首歌，我怕他看了不免氣血翻湧，以致不能靜心養病，矛盾了很久遲遲不敢出手，而現在，他再也看不到了，那首主旋律曲定名爲〈血笛〉。

我的血管是最紅最熱的一根笛
最長最溫柔的笛
從頭顱直到腳趾
蜿蜒的流繞我淙淙的愛
給你　　我的中國
我的心房是最深最沉的一面鼓
最雄肆最悲傷的鼓
從太古直擊到永恆
焦急的獻出我淵淵的愛
給你　　我的民族

也不知算不算春天，榮總花圃裡的早櫻已經淒然地紅了，非洲菊竄得滿地金黃。

有一天，司馬中原打電話來問我他的病房，他說華欣的人要去看他。

「反正，也只剩下他騙我們，我們騙他了。」我傷感的說。

「本來就是這樣的——要是我有這一天，你也騙我吧！」我感到一種徹骨的悲哀，但還是打起精神爲他烤了一塊西式蝦糕託司馬送去，事後他的女兒告訴我：

「爸爸只吃了幾口，他說很好吃。」

就那樣幾句話，我已感到一種哽咽的幸福。

記得有一次我去臺南看史先生的老友趙先生（《滾滾遼河》的作者），趙太太在席間忽然說了一件從來不曾告訴人的卅年前的秘密——那是連史先生自己也不知道的。

那時候，史先生要出國學音樂，老朋友都知道他窮，各人捐了些錢，趙先生當時是軍醫，待遇很低，力不從心，但他還是送了一份錢——那是賣血得來的。

事隔二十年趙先生只淡然地說一句：「我賣血倒是很順便，我就在醫院做事啊！」

有一個朋友肯爲你賣血當然是一件幸福的事，但反過來說，能擁有一個值得爲之去賣血的朋友，他活著，可以享受你的奉獻，應該是一件同樣幸福的事。

「他們那一代的事，今天的人不但不解，」有一次和亮軒在電話裡談起，他說，「而且也不能想像。」

眞的，在觀光飯店餞行，指定喝某個年份的白蘭地，談某某人的居留權，誰能了解那個以血相交的一代。

史先生很早就受過洗，他一直不是那種打卡式的標準信徒，然而他私生活的嚴謹，他的狷介耿直，期之今世能有幾人，在內心深處，他比誰都虔誠都熱切。

他初病的時候我寫了一封信給他，附了一篇祈禱文，我沒有告訴他祈禱文的作者是我，我不慣於把自己的意志強烈地加在別人身上，但他似乎十分快樂，他說：「那篇祈禱文眞好，我已經照那樣祈禱了。」又過了一段時間他要兒子給他買一本筆記簿，那篇祈禱文被抄錄在第一頁上：

禱　詞

上帝，我是一個渺小的人
　但仍然懂得羨慕祢的偉大
上帝，我是一個常犯錯的人
　但仍然渴望去親近祢的聖潔
上帝，我是一個脆弱的人
　但仍然嚮往十字架上救贖的愛
上帝，我的生命短暫如一聲嘆息
　但永恆在祢

上帝，我不知何所歸依，如風中一葦
　但看見祢弱草亦化爲蘆笛
上帝，別人只能看見我昂著站著的身影
　祢卻窺見自內心深處向祢膜拜的我。

我趁香港開會之便買了個耶路撒冷的橄欖木做的十字架送給他，木紋細緻古拙，他很激動地抱在胸前，摩挲著，緊按著，那一霎間，我覺得他握著的不是一個小體物，而是他所愛的一個生活模式——他一生都在背負著十字架。

他一再向我道謝，說我給了他最貴重的禮物——其實和他所贈給我的相比，我什麼都沒有給他，他給我的是他自知不起後剩餘的健康，是他生命末期孤注一擲的光和熱，我無法報答他相知相重的情誼，我只能把自己更多地投向他所愛過的人群。

六十六年二月十四日下午三時五十分，他閉目了。

有些人的死是「完了」，史先生的死卻是「完成了」，他完成了一個「人」的歷程。

《嚴子與妻》的配樂，並非他最後的絕響，因爲眞正的弦音在指停時仍琤琮，眞正的歌聲在板盡處仍繚繞，史先生留下的是一代音樂家的典型，是希聲的大音，沉寂的巨響。

——原載一九七七年《聯合報》副刊・選自大地版《你還沒有愛過》

孤意與深情

我和俞大綱老師的認識是頗爲戲劇性的，那是八年以前，我去聽他演講，活動是李曼瑰老師辦的，地點在中國話劇欣賞委員會，地方小，到會的人也少，大家聽完了也就零零落落地散去了。

但對我而言，那是個截然不同的晚上，也不管夜深了，我走上臺去找他，連自我介紹都省了，就留在李老師那套破舊的椅子上繼續向他請教。

俞老師是一個談起話來就沒有時間觀念的人，我們愈談愈晚，後來他忽然問了一句：

「你在什麼學校？」

「東吳——」

「東吳有一個人，」他很起勁地說，「你去找她談談，她叫張曉風。」

我一下楞住了，原來俞老師竟知道我而器重我，這麼大年紀的人也會留心當代文學，我當時的心情簡直興奮得要轟然一聲燒起來，可惜我不是那種深藏不露的人，我立刻就忍不住告訴他我就是張曉風。

然後他告訴我他喜歡我的散文集《地毯的那一端》，認爲深得中國文學中的陰柔之美，我其實對自己早期的作品很羞於啓齒，由於年輕和膚淺，我把許多好東西寫得糟極了，但被俞老師在這種情形下無心地盛讚一番，仍使我竊喜不已。

接著又談了一些話，他忽然說：

「白先勇你認識嗎？」

「認識。」那時候他剛好約我在他的晨鐘出版社出書。

「他的《遊園驚夢》裡有一點小錯，」他很認眞的說，「吹腔，不等於崑曲，下回告訴他改過來。」

我眞的驚訝於他的細膩。

後來，我就和其他的年輕人一樣，理直氣壯的穿過怡太旅行社業務部而直趨他的辦公室裡聊起天來。

「辦公室」設在館前街，天曉得俞老師用什麼時間辦「正務」，總之那間屬於怡太旅行社的辦公室，時而是戲劇研究所的教室，時而又似乎是振興國劇委員會的免費會議廳，有時是某個雜誌的顧問室……總之，印象裡滿屋子全是人，有的人來晚了，到外面再搬張椅子將自己塞擠進來，有的人有事便逕自先行離去，前前後後，川流不息，彷彿開著流水席，反正任何人都可以在這裡做學術上的或藝術上的打尖。

也許是緣於我的自私，我自己雖也多次從這類當面的和電話聊天中得到許多好處，但我卻並不贊成俞老師如此無日無夜的來者不拒。我固執的認爲，不留下文字，其他都是不可信賴的，即使是嫡傳弟子，複述自己言論的時候也難免有失實之處，這話不好直說，我只能間接催老師。

「老師，您的平劇劇本應該抽點時間整理出來發表。」

「我也是這樣想呀！」他無奈地嘆了口氣，「我每次一想到發表，就覺得到處都是缺點，幾乎想整個重新寫過——可是，心裡不免又想，唉，既然要花那麼多工夫，不如乾脆寫一本新的……」

「好啊，那就寫一個新的！」

「可是，想想舊的還沒有修整好，何必又弄新的？」

唉，這眞是可怕的循環。我常想，世間一流的人才往往由於求全心切反而沒有寫下什麼，大概執著筆的，多半是二流以下的角色。

老師去世後，我忍不住有幾分生氣，世間有些胡亂出版的人是「造孽」，但惜墨如金，竟至不立文字則對晚輩而言近乎「殘忍」。對「造孽」的人，歷史還有辦法，不多久，他們的油墨污染便成陳跡，但不勤事寫作的人連歷史也對他們無可奈何。倒是一本《戲劇縱橫談》在編輯的半逼半催下以寫隨筆的心情反而寫出來了，算是不幸中的小幸。

有一天和尉素秋先生談起，她也和我持一樣的看法，她說：「唉，每天看訃聞都有一些朋友是帶著滿肚子學問死的——可惜了。」

老師在世時，我和他雖每有會意深契之處，但也有不少時候，老師堅持他的看法，我則堅持我的。如果老師今日復生，我第一件急於和他辯駁的事便是堅持他至少要寫二部書，一部是關於戲劇理論，另一部則應該至少包括十個平劇劇本，他不應該只做我們這一代的老師，他應該做以後很多代年輕人的老師……。

可是老師已不在了，深夜裡我打電話和誰爭論去呢？

對於我的戲劇演出，老師的意見也甚多，不論是「燈光」、「表演」、「舞臺設計」、「舞蹈」他都「有意見」。事實上俞老師是個連對自己都「有意見」的人，他的可愛正在他的「有意見」。他的意見有的我同意，有的我不同意，但無論如何，我十分感動於每次演戲他必然來看的關切，而且還讓怡太旅行社為我們的演出特別贊助一個廣告。

老師說對說錯表情都極強烈，認為正確時，他會一疊聲地說：「對——對——對——對——」

每一個對字都說得清晰、緩慢、悠長，而且幾乎等節拍，認為不正確時，他會嘿嘿而笑，搖頭，說：

「完全不對，完全不對……」

令我驚訝的是老師完全不贊同比較文學，記得我第一次試著和他談談一位學者所寫的關於元雜劇的悲劇觀，他立刻拒絕了，並且說：

「曉風，你要知道，中國和西洋是完全不同的，完全不同的，一點相同的都沒有！」

「好，」我不服氣，「就算比出來的結果是『一無可比』，也是一種比較研究啊！」

可是老師不為所動，他仍堅持中國的戲就是中國的戲，沒有比較的必要，也沒有比較的可能。

「舉例而言，」好多次以後我仍不死心，「莎士比亞和中國的悲劇裡在最嚴肅最正經的時候，卻常常冒出一段科諢，——而且，常常還是黃色的。這不是十分相似的嗎？」

「那是因為觀眾都是新興的小市民的緣故。」

奇怪，老師肯承認它們相似，但他仍反對比較文學。後來，我發覺俞老師和其他一些年輕人在各方面的看法也每有不同，到頭來各人還是保持了各人的看法，而師生，也仍然是師生。

有一陣，報上猛罵一個人，簡直像打落水狗，我打電話請教他的意見，其實說「請教」是太嚴肅了些，俞老師自己反正只是和人聊天（他真的聊了一輩子天，很有深度而又很活潑的天），他絕口不提那人的「人」，卻盛讚那人的文章，說：

「自有白話以來，能把舊的詩詞套用得那麼好，能把固有的東西用得這麼高明，此人當數第一！」

「是『才子之筆』對嗎？」

「對，對，對。」

他又讚美他取譬喻取得婉委貼切。放下電話，我感到什麼很溫暖的東西，我並不贊成老師說他是白話文的第一高手，但我喜歡他那種論事從寬的胸襟。

我又提到一個罵那人的人。

「我告訴你，」他忽然說，「大凡罵人的人，自己已經就受了影響了，罵人的人就是受影響最深的人。」

我幾乎被這種怪論嚇了一跳，一時之間也分辨不出自己同不同意這種看法，但細細推想，也不是毫無道理。俞老師凡事願意退一步想，所以海闊天空竟成爲很自然的事了。

最後一次見老師是在國軍文藝中心，那晚演上本《白蛇傳》，休息的時候才看到老師和師母原來也來了。

師母穿一件棗紅色的曳地長裙，襯得銀髮發亮。師母一向清麗絕俗，那晚看起來比平常更爲出塵。

不知爲什麼，我覺得老師臉色不好。

「《救風塵》寫了沒？」我趁機上前去催問老師。

老師曾告訴我他極喜歡元雜劇《救風塵》，很想將之改編爲平劇。其實這話說了也有好幾年了。

「大家都說《救風塵》是喜劇，」他曾感嘆地說，「實在是悲劇啊！」

幾乎每隔一段時間，我總要提醒俞老師一次《救風塵》的事，我自己極喜歡那個戲。

「唉——難啊——」

俞老師的臉色眞的很不好。

「從前有位趙先生給我打譜——打譜太重要了，後來趙先生死了，現在要寫，難啊，平劇——」

我心裡不禁悲傷起來，作詞的人失去了譜曲的人固然悲痛，但作詞的人自己也不是永恆的啊！

「這戲寫得好，」他把話題拉回《白蛇傳》，「是田漢寫的。後來的《海瑞罷官》也是他寫的——就是給批鬥了的那一本。」

「明天我不來了！」老師又說。

「明天下半本比較好啊！」

「這劇看了太多遍了。」老師說話中透露出顯然的疲倦。

我不再說什麼。

後來，就在報上看到老師的死。老師患先天性心臟肥大症多年，原來也就是隨時可以撒手的，前不久他甚至在計程車上突然失去記憶，不知道回家的路。如果從這些方面來看，老師的心臟病突發倒是我們所可能預期的最幸福的死了。

悲傷的是留下來的，師母，和一切承受過他關切和期望的年輕人，我們有多長的一段路要走啊！

老師生前喜歡提及明代的一位女伶楚生，說她「孤意在眉，深情在睫」，「孤意」和「深情」原是矛盾的，卻又很微妙地是一個藝術家必要的一種矛盾。

老師死後我忽然覺得老師自己也是一個有其「孤意」有其「深情」的人，他執著於一個綿邈溫馨的中國。他的孤意是一個中國讀書人對傳統的悲痛的擁姿，而他的深情，使他容納接受每一股昂揚衝激的生命，因而使自己更其波瀾壯闊，浩瀚淼淼……。

——原載一九七八年六月《自由青年》・選自大地版《你還沒有愛過》

你還沒愛過

——七月七，另一種更悲壯的情人節

唐人街

鈞。

那是紐約，唐人街，幾張廢紙被風揚起，飄了幾步，然後墜下。

有人在某個交叉口上拍功夫片，一個又小又瘦的男孩拖著條辮子，對著鏡頭猛然把腳踢起——

八月的夜，說不上是悶熱還是淒涼。你下了車，走出停車場，送我們在一片墨色中走向投宿的樓。

「什麼時候——總會再見面的吧？」

「在臺灣？」我們問。

「也許。」

八樓上，我們俯視模糊的唐人街，樓很舊，唐人街更舊，我忽然覺得這裡每一件事看起來都顯得不勝疲倦。

那是四年前的事了。

都說你「左」了，朋友們談起你，口氣立刻異樣起來，但我們一到紐約，還是輾轉把你的電話要到了。爬上樓梯，我們看到你年邁的父母，你的妻，你自己，以及你那被釣魚台事件灼熱過，被左傾的激情灌注過，而今卻被囚於美國資本主義社會裡「一個保險公司的職員的臉上」的眼睛。

即使是左了，朋友總還可以是朋友吧？

像京戲群英會裡的周瑜和蔣淦，如今的中國人見了面也往往必須約好「今夕只談風月」。

但談著談著，你仍然很自信地預測起接班人會是張春橋或是姚文元。

坐在斗室裡，我開始迷惑，那麼多中國人坐在異國的屋簷下把盞話中國——盞中所注的是異國冰凍的橙汁或可樂——題目是這邊的或那邊的中國，以瀟灑的手勢。

而我，我不要站在隔岸，我既經決定縱身入火，就已放棄隔岸觀火的優閒。我在火裡，和萬千人比肩，這場火會焚我們成灰？抑煉我們成鋼？答案總會分曉。我們要賭這一口氣——跟火，也跟岸上觀火的袖手人。

那天，我們分了手，在紐約唐人街沉沉的夜色裡，不知爲什麼，那夜色常是我心上揮不掉的一抹黑。

你還沒有愛過！

在臺北北門口平和安靜的宿舍裡，家家戶戶種的小花小草，此起彼落地開著，你一住二十年。一個書包，來來往往地揹來又揹去。生字簿唸爛一本又換一本。一盞燈下，你慈祥的姥姥把菜式從春韭逐漸換成冬夜的酸白菜火鍋……寧靖的歲月就這樣過去，但你始終沒有遇見「愛」，你從來不懂什麼叫激情，你找不到一個烈焰騰騰的祭壇把自己獻上——你還沒有愛過！你的生命是一場空白。

那個溫柔的、巨大的、堅實的、強悍的愛你還不曾經歷。你還是一個筆劃尚未寫完的字，讀不出意義來。

你還沒有愛過——那種可以稱之爲國家民族的愛。

曾有人愛過——在千年以前。

曾有人愛過——在百年以前。

曾有人愛過——在近幾十年，以及今天。

但，爲什麼付出者不是你我？

你還沒有愛過，雖然你匆匆去找一個對象並且努力認同，雖然你讓自己恍惚感到一份悲壯偉大的情操。而一轉眼，地覆天翻，四人幫萎落塵泥，你才發覺你在崇拜一個並不存在的神祇，你發現整個事件是一場虛空的單戀。

你仍然沒有愛過。你仍然空白。

貴陽街

轉過中華路，把市聲留在堂皇闊大的陽光裡，就到了貴陽街。

幾門古炮豎在路邊，猛然走過，彷佛舊日的沉響猶在耳——那個地方叫國軍歷史文物館。

你走進去，兩側大玻璃櫥裡的歷史靜靜地定了影。歷史僵冷無比，也溫柔無比。歷史極可信，卻又幾乎令人不敢置信。

一截竹子，剖自廣西濱陽縣的莫陳村，（莫陳村？是姓莫的和姓陳的人世居的小村落吧？）那時是民國二十九年（我們還沒有出生，卻有人在那年已死了），在一場寡不勝敵的殊死戰後，日本軍官筑紫豐在七個學生的屍體間發現了那截竹子和其上的刻字：

「終有一天，將我們的青天白日旗飄揚在富士山頭！」

字跡仍然清楚秀麗，是什麼人從容的絕筆？（是一個姓莫的或姓陳的少年嗎？）筑紫豐把竹子鋸下來，起名叫「竹林遺書」，並且帶到日本，在九州的福崗市像神明一樣地供起來。

民國五十五年，神宮的宮司把它帶回臺北，交還給中國人。

而今，它那樣安詳而不顯眼地站在那裡，可以是任何一個中國人在自在隨便時說的一句話。可以是大劫當前，血盡淚枯時淡然的一句遺言——也可以是讓侵略者怵然以驚不由得不頂禮膜拜的神物。

再轉過去，一件紫斑的血衣靜靜地疊放著。彷彿是黃昏，那女人打好了水柔聲地教他去沐浴，一件待換的衣服放在浴缸旁——而那人再不回來了，一枚小小的取自胸膛的彈頭放在旁邊。一個湖南人，死在山東，在民國三十五年。悲傷嗎？不，那人以胸血拓下一朵紅梅，那人愛過了！

兩側模糊的舊照片在絮絮地叮嚀著一些什麼。

有人站在盧溝橋頭，在橋柱中把自己站成橋柱，在滿橋數不清的石獅子中把自己站成活的獅子——那年輕的兵，他愛過了。

有人在太原城裡死守巷戰。

有人強渡怒江，渾忘身家。

有人在遙遠的騰衝城，以血肉之軀證道。
有人在不知名的異鄉，將自己不被人知的名字交給中國的大地。
有人死在海裡。
有人死在藍得亮烈的中國天空。
而終有一天，一紙降書，一排降將，一長列解下的軍刀，我們贏了！
我們贏了，那不是最重要的，重要的是，那一代的中國人愛過了。

詩

有人稱他為邱清泉上將，有人稱他為邱清泉烈士，而我要說，他是一個詩人。

號雨庵——多雅逸的別號，是詩人的別號啊！那裡面有文文山和岳武穆的傳承啊！

在一個「暖日照融千樹雪，寒風吹散滿天雲」的十二月，他迎接戰勝而歸的莫倫生，口占一首七律：

汗馬黃沙百戰勳
神州多難待諸君
從來王業歸漢有

豈可江山與賊分

那是以劍寫的詩，那是以鎗圈點的詩，那不是中文系裡平平仄仄的產品。

而在「第二兵團駐徐辦事處」的用箋上（一張怎樣的詩箋），他匆匆寫下淒愴的五古：

……………

何處是青山
定多杜鵑血
入夜秋風起
雲浮月明滅
鴻雁何悲鳴
征夫心膽裂
故園人豈知
天涯愁腸結

所謂戰爭和詩，在根本上應該是一種事業——都是沾血來寫的一種事業。

而在芝山岩，情報局，那些遺書無聲地掛在牆上，一封封，丈夫寫給妻子的，女孩寫給姐姐的。一股羈不住的豪情，一些斬不斷的牽絆。你彷彿聽到有聲音破紙而出，大聲的喊你，喊醒你血液裡沉睡的什麼。

那些惻惻的語言，怎能不是詩。

趙錫光，香江學院畢業，有一張屬於書生的溫文爾雅的臉，死於三十九歲，他給妻子的信平靜而深情：「巧雲：當您看到我親筆留給您這封信的時候，那麼就是我已經不在人間了。這您一定會痛不欲生的。可是，您要知道，您的丈夫，我，是在這國難家破反共抗俄的時候勇敢光榮的爲國家而犧牲了的。所以，這您該感到萬分的驕傲，不應悲傷。不但不應該悲傷，更應該堅強的做人，愉快的生活，耐心教養我倆的愛女『世惠』，孝順爸媽，這樣您才算是一位賢妻孝女，更才算是一個有理性有知識有教育有情感的女性。巧雲，我深知您是一個潔貞的賢妻良母，兼之我倆相愛甚篤，故無論我生或死，您都不會有二心兩志的，可是，巧雲，您要知道，現在您正是青春之年，一個年輕的女子沒有丈夫是最不方便和容易受人欺侮的。同時爸媽又衹有您這一個獨生女兒，別無子嗣，他倆老人家年紀又大了，因此無論如何您都需要有一位常在您身邊而忠實可靠健康的丈夫，那麼您及您爸媽才有所依靠……絕不可爲了我倆夫妻愛情就堅志不肯再次婚嫁……待世惠長大後希望您能使她知道她的爸爸……巧雲，聽話吧，不要悲傷，如眞是說人死後還有靈的話，那麼，我會保佑您母女的……巧雲……盼望您珍惜保重……。」

陳寶曾是個山東大漢，刻苦自勵，卻意外的有一手漂亮的字。

「淑媛：我要出海了，我的任務很艱鉅，做一個軍人的妻子，要比軍人還要勇敢。如果眞有那麼一天（也許不會），那也是軍人的歸所，何況人生自古誰無死，你不要太悲傷，因爲我們有五個孩子，需要你照料。

我想不會像我想的那麼壞，但是我卻希望在你的心裡有個準備，才不會被突如其來的打擊打倒。

孩子們要好好照料，教他們都能受良好的教育，不要放棄你的工作，這樣在精神上有個安慰，臨行匆匆，不多寫了，希望你多自珍重。」

那些人也有智慧，那些人也有愛情，那些人也有對人世的依戀，那些人是比一切詩人更其詩人的，而他們卻死了，無數的人正跟著他們去死，他們以自己的死亡去換取我們的生存，而我們渾然不知。

他們活過了，他們愛過了，他們詩過了——你呢？

同學錄

你的畢業年刊，我看過了，彩色精印，在雪白的銅版紙上。年刊裡有女孩的笑靨，有那春天鬧嚷嚷的杜鵑，有寧靜的校園，有校園中的鐘聲……。

但我要說的是半世紀以前民國十四年黃埔一期的那一本。在那裡沒有人題「鵬程萬里」，在那裡沒有人說「前途光明」，一篇序言竟是一篇泣血的哽語，所謂生死之交，所謂袍澤深情，應該就是這樣的句子：

「開卷，見總理與全校同志之寫眞，萬感交集，未序先泣……在我之前者爲總理，在我之後者有諸生與各將士。昔日同生死共患難者，至今幾不及十之七，至親如先妣，至愛如二子，每遭國難奉電命，皆能棄置骨肉之親於勿顧。而獨於本校同志之間須臾分離，此心遂覺怦怦不自安……陣亡者四十餘人……諸子折股斷臂，洞胸穿腸，傷勢更劇，幾至殘廢終身，見之但有對泣而已。其中死事之尤慘者……檢其遺骸，其彈顆之中腦部與胸部者，有五彈以至十一彈者，幾使中正目不忍睹……言念及此，能不痛心？嗚呼！吾校同志，前仆後繼，每於肉搏登城碧血淋漓之時，毫無悸怖狀，且浩然捐生，樂如還鄉。其果何爲而使然也？無他，總理主義之所感，而諸生精誠之所出也。今先於我者總理既長逝，後乎我者諸生亦多淪亡，而惟留不先不後不死不活之中正，貽笑於世。天下之至難堪悲戚酸楚而不能忍者，孰過於此？古人以苟活爲羞，而其痛苦有甚於身死者！余視今日師長之死，與我學生將士之死，其難言之隱痛，實過於余之身死……每於夢中哭笑啼泣，家人常爲之震驚不置，及余醒後，恍惚幾不自知其所以然，但覺對我已死之同志，悽慘悲傷黯然消魂而已……」

而在六期的序裡，你看到的仍是那樣剖心瀝肝的句子：

「蒼茫四顧，萬感交集，第六期同學錄序，不知應從何序起，諸同學試一張目以視，一閉目以思，人間何世？反動勢力是否完全消滅？破壞和平統一之新軍閥是否斂跡？不平等條約是否取消？國防軍隊是否健實？帝國主義者之進攻是否輕於前？共產黨之危害是否減於前？一言以蔽之，今日中國之革命，是否已完成？今日國家之危急，民眾之痛苦是否已較第一期第二期第三第四期第五期各期同學畢業時爲佳？」

而學生們照例都把照片剪成橢圓形，那些名字和通訊處總令我驚奇。

王新民　年二十　徐州睢寧城內恆泰號轉

恆泰號？恆泰號是一個南貨店還是個雜貨鋪？

郭孝言　年十九　鎮江城內小市口杜宅後院

杜宅後院？他是怎麼從深深的後院走出來跑到黃埔去的？那其間有一個怎樣長長的故事？

張个臣　年二十四　陝西狹寧縣關口街。

張个臣？是出於《大學》那本書裡「若有一个臣」的句子吧？還戴著眼鏡，一個認眞的男孩。

章　甫　年二十三　湖南永州老縣門口章吉祥藥號交

章吉祥藥號？一個瓶罐井然的中藥鋪？他是怎樣蛻變爲方臉揚眉的軍人？

李慕孫　年二十二　廣東新豐西街永生堂轉

李慕孫？是慕孫中山吧？

張慕陶　年二十七　湖北鄂城縣張義順魚行

魚行？是魚米之鄉的地方來的吧？

張　衡　年二十五　浙江海門大荊鎮張裕大酒坊

酒坊？那男孩會在魂夢中想起故園芳烈的氣息嗎？

李亞丹　年二十二　湖南岳州桃林喻義興寶號轉舊屋李家

李家舊屋？那是怎樣庭院深深瓦漏牆圮的一個地方？

蔡軼倫　年二十一　江蘇奉賢南橋鎮徐永馨花行交。

花行？也有軍人是來自花行的嗎？

鄭良思　年二十五　福建福州南台洋頭口大井衕寶成燭芯店轉

燭芯店，那是怎樣的一種風光？

張情俠　年二十一　上海法界藍維靄路元昌米行交

奇怪的名字，情俠，是逃家出來以後自己偷取的吧？

只為一聲戍角，那些好男兒從稻田從麥田從高粱田，從商行，從藥鋪，從磨坊，從魚行，從雜貨鋪，從酒坊一一走出來，就這樣，走出一番新翠照眼的日月山川，不知為什麼，越讀那些土裡土氣的小地名，越覺有萬千王師的氣象，每翻一張扉頁，竟覺得在腕底翻起的是颯颯然的八方風雨。

怎麼也曾有如此一本同學錄，沒有彩色，只有風雨。

看五十年前的少年，如今剩兩鬢花斑，但他們活過，他們愛過。

我們注定要為一個什麼而燃燒，我們要狠狠地愛一場，只是，去愛什麼呢？去為什麼而自焚呢？為一個不存在的謊言？抑或為一則確鑿的信仰？

你呢？

今夕何夕？

坐在軟椅上，從頭皮到腳趾完好無一寸傷痕的你，身體髮膚不著一絲煙燻火燎的你，在冰箱裡尋找冰凍橙汁、可樂或七喜的你──

你，還沒有愛過。

──原載一九七九年七月《聯合報》副刊・選自大地版《你還沒有愛過》

許士林的獨白

——獻給那些睽違母顏比十八年更長久的天涯之人

駐馬自聽

我的馬將十里杏花跑成一掠眼的紅煙，娘！我回來了！
那尖塔戳得我的眼疼，娘，從小，每天，它嵌在我的窗裡，我的夢裡，我寂寞童年唯一的
風景，娘。
而今，新科的狀元，我，許士林，一騎白馬一身紅袍來拜我的娘親。
馬踢起大路上的清塵，我的來處是一片霧，勒馬蔓草間，一垂鞭，前塵往事，都到眼前。
我不需有人講給我聽，只要溯著自己一身的血脈往前走，我總能遇見你，娘。
而今，我一身狀元的紅袍，有如十八年前，我是一個全身通紅的赤子，娘，有誰能撕去這

襲紅袍，重還我為赤子？有誰能摶我為無知的泥，重回你的無垠無限？

都說你是蛇，我不知道，而我總堅持我記得十月的相依，我是小渚，在你初暖的春水裡被環護，我抵死也要告訴他們，我記得你乳汁的微溫。他們總說我只是夢見，他們總說我只是猜想，可是，娘，我知道我是知道的，我知道你的血是溫的，淚是燙的，我知道你的名字是「母親」。

而萬古乾坤，百年身世，我們母子就那樣緣薄嗎？才甫一月，他們就把你帶走了。有母親的孩子可聆母親的音容，沒母親的孩子可依向母親的墳頭，而我呢，娘，我向何處去破解惡狠的符咒？

有人將中國分成江南江北，有人把領域劃成關內關外，但對我而言，娘，這世界被截成塔底和塔上。塔底是千年萬世的黝黑渾沌，塔外是荒涼的日光，無奈的春風和忍情的秋月……。

塔在前，往事在後，我將前去祭拜，但，娘，此刻我徘徊佇立，十八年，我重溯斷了的臍帶，一路向你泅去。春陽曖曖，有一種令人沒頂的怯懼，一種令人沒頂的幸福。塔牢牢地楔死在地裡，像以往一樣牢，我不敢相信你馱著它有十八年之久，我不能相信，它會永永遠遠鎮住你。

十八年不見。娘，你的臉會因長期的等待而萎縮乾枯嗎？有人說，你是美麗的，他們不說我也知道。

認取

你的身世似乎大家約好了不讓我知道，而我是知道的，當我在井旁看一個女子汲水，當我在河畔看一個女子洗衣，當我在偶然的一瞥間看見當窗繡花的女孩，或在燈下衲鞋的老婦，我的眼眶便乍然濕了。娘，我知道你正化身千億，向我絮絮地說起你的形象。娘，我每日不見你，卻又每日見你，在凡間女子的顰眉瞬目間，將你一一認取。

而你，娘，你在何處認取我呢？在塔的沉重上嗎？在雷峰夕照的一線酡紅間嗎？在寒來暑往的大地腹腔的脈動裡嗎？

是不是，娘，你一直就認識我，你在我無形體時早已知道我，你從茫茫大化中拼我成形，你從冥漠空無處摶我成體。

而在峨嵋山，在競綠賽青的千巖萬壑間，娘，是否我已在你的胸臆中。當你吐納朝霞夕露之際，是否我已被你所預見？我在你曾仰視的霓虹中舒昂，我在你曾倚以沉思的樹幹內緩緩引升，我在花，我在葉，當春天第一聲小草冒地而歡呼時，你聽見我。在秋後零落斷雁的哀鳴裡，你分辨我，娘，我們必然從一開頭就是彼此認識的。娘，眞的，在你第一次對人世有所感有所激的剎那，我潛在你無限的喜悅裡。而在你有所怨有所嘆的時分，我藏在你的無限淒涼裡。娘，我們必然是從一開頭就彼此認識的，你能記憶嗎？娘，我在你的眼，你的胸臆，你的血，你的柔和如春槳的四肢。

湖

娘，你來到西湖，從疊煙架翠的峨嵋到軟紅十丈的人間，人間對你而言是非走一趟不可的嗎？但裡湖、外湖、蘇隄、白隄，娘，竟沒有一處可堪容你，千年修持，抵不了人間一字相傳的血脈姓氏。爲什麼人類只許自己修仙修道，卻不許萬物修得人身跟自己平起平坐呢？娘，我一頁一頁的翻聖賢書，一個一個的去閱世人的臉，所謂聖賢書無非要我們做人，但爲什麼眞的人都不想做人呢？娘啊！閱遍了人和書，我只想長哭，娘啊，世間原來並沒有人跟你一樣癡心地想做人啊！歲歲年年，大雁在頭頂的青天上反覆指示「人」字是怎麼寫的，但是，娘，沒有一個人在看，更沒有一個人看懂了啊！

南屏晚鐘，三潭印月，曲院風荷，文人筆下西湖是可以有無限題詠的。冷泉一逕冷著，飛來峰似乎想飛到哪裡去，西湖的遊人萬千，來了又去了，誰是坐對大好風物想到人間種種就感激欲泣的人呢？娘，除了你，又有誰呢？

雨

西湖上的雨就這樣來了，在春天。

是不是從一開頭你就知道和父親注定不能天長日久做夫妻呢？茫茫天地，你只死心塌地眷著傘下的那一刹溫情。湖色千頃，水波是冷的，光陰百代，時間是冷的。然而一把傘，一把紫竹為柄的八十四骨的油紙傘下，有人跟人的聚首，傘下有人世的芳馨。千年修持是一張沒有記憶的空白，而傘下的片刻卻足以傳誦千年。娘，從峨嵋到西湖，萬里的風雨雷雹何嘗在你意中，你所以眷眷於那把傘，只是愛與那把傘下的人同行，而你心悅那人，只是因為你愛人世，愛這個溫柔綿纏的人世。

而人間聚散無常，娘，傘是聚，傘也是散，八十四支骨架，每一支都可能骨肉撕離。娘啊！也許一開頭你就是都知道的，知道又怎樣，上天下地，你都敢去較量。你不知道什麼叫生死，你強扯一根天上的仙草而硬把人間的死亡扭回成生命。金山寺一鬪，勝利的究竟是誰呢？法海做了一場靈驗的法事，而你，娘，你傳下了一則喧騰人口的故事。人世的荒原裡誰需要法事？我們要的是可以流傳百世的故事，可以乳養生民的故事，可以輝耀童年的夢寐和老年的記憶的故事。

而終於，娘，繞著那一湖無情的寒碧，你來到斷橋，斬斷情緣的斷橋。故事從一湖水開始，也向一湖水結束，娘，峨嵋是再也回不去了。在斷橋，一場驚天動地的嬰啼，我們在彼此的眼淚中相逢，然後，分離。

合缽

一隻缽，將你罩住，小小的一片黑暗竟是你而今而後頭上的蒼穹。娘，我在噩夢中驚醒千回，在那份窒息中掙扎。都說雷峰塔會在夕照裡，千年萬世，只專爲鎮一個女子的情癡，娘，鎮得住嗎？我是不信的。

世間男子總以爲女子一片癡情，是在他們身上，其實女子所愛的哪裡是他們，女子所愛的豈不也是春天的湖山，山間的晴嵐，嵐中的萬紫千紅，女子所愛的是一切好氣象，好情懷，是她自己一寸心頭萬頃清澈的愛意，是她自己也說不清道不盡的滿腔柔情。像一朵菊花的「枝頭抱香死」，一個女子緊緊懷抱的是她自己亮烈美麗的情操，而一隻法海的缽能罩得住什麼？娘，被收去的是那樁婚姻，收不去的是屬於那婚姻中的恩怨牽掛，被鎮住的是你的身體，不是你的著意飄散的暮春飛絮的深情。

——而即使身體，娘，他們也只能鎮住少部分的你，眞正大部分的你卻在我身上活著。是你的傲氣塑成我的骨，是你的柔情流成我的血。當我呼吸，娘，我能感到屬於你的肺納，當我走路，我想到你在這世上的行跡。娘，法海始終沒有料到，你仍在西湖，在千山萬水間自在地觀風望月並且讀聖賢書，想天下事，與萬千世人摩肩接踵——藉一個你的骨血揉成的男孩，藉你的兒子。

不管我曾怎樣悽傷，但一想起這件事，我就要好好活著，不僅爲爭一口氣，而是爲賭一口氣！娘，你會贏的，世世代代，你會在我和我的孩子身上活下去。

祭　塔

而娘，塔在前，往事在後，十八年乖隔，我來此只求一拜——人間的新科狀元，頭簪宮花，身著紅袍，要把千種委屈，萬種淒涼，都併作納頭一拜。

娘！

那豁然撕裂的是土地嗎？

那倏然崩響的是暮雲嗎？

那頹然而傾斜的是雷峰塔嗎？

那哽咽垂泣的是娘，你嗎？

是你嗎？娘，受孩兒這一拜吧！

你認識這一身通紅嗎？十八年前是紅通通的赤子，而今是宮花紅袍的新科狀元許士林。我多想扯碎這一身紅袍，如果我能重還爲你當年懷中的赤子，可是，娘，能嗎？

當我讀人間的聖賢書，娘，當我援筆爲文論人間事，我只想到，我是你的兒，滿腔是溫柔激盪的愛人世的癡情。而此刻，當我納頭而拜，我是我父之子，來將十八年的愧疚無奈併作驚天動地的一叩首。

且將我的額血留在塔前，作一朵長紅的桃花：笑傲朝霞夕照，且將那崩然有聲的頭顱擊打大地的聲音化作永恆的暮鼓，留給法海聽，留給一駭而傾的雷峰塔聽。

人間永遠有秦火焚不盡的詩書，法缽罩不住的柔情。娘，唯將今夕的一凝目，抵十八年數不盡的骨中的酸楚，血中的辣辛，娘！

終有一天雷峰會倒，終有一天尖聳的塔會化成飛散的泥塵，長存的是你對人間那一點執拗的癡！

當我馳馬而去，當我在天涯地角，當我歌，當我哭，娘，我忽然明白，你無所不在地臨視我，熟知我。我的每一舉措於你仍是當年的胎動，扯你，牽你，令你驚喜錯愕，令你隔著大地的腹部摸我，並且說：「他正在動，他正在動，他要幹什麼呀？」

讓塔驟然而動，娘，且受你孩兒這一拜！

後記：許士林是故事中白素貞和許仙的兒子，大部分的敘述者都只把情節說到「合缽」為止，平劇中「祭塔」一段也並不經常演出，但我自己極喜歡這一段，我喜歡那種利劍斬不斷，法缽罩不住的人間牽絆，本文試著細細表出許士林叩拜囚在塔中的母親的心情。

此文寫於一九七九年，當時由於一場內戰，有六十萬捍衛台灣的老兵，也是見不到母親的。

——選自九歌版《步下紅毯之後》（一九七九年）

她曾教過我

——爲紀念中國戲劇導師李曼瑰教授而作

秋深了。

後山的蛩吟在雨中渲染開來，臺北在一片燈霧裡，她已經不在這個城市裡了。

記憶似乎也是從雨夜開始的，那時她辦了一個編劇班，我去聽課；那時候是冬天，冰冷的雨整天落著，同學們漸漸都不來了，喧嘩著雨聲和車聲的羅斯福路經常顯得異樣的淒涼，我忽然發現我不能逃課了，我不能把她一個人丟給空空的教室。我必須按時去上課。

我常記得她提著百寶雜陳的皮包，吃力地爬上三樓，坐下來常是一陣咳嗽，冷天對她的氣管非常不好，她咳嗽得很吃力，常常憋得透不過氣來，可是在下一陣咳嗽出現之前，她還是爭取時間多講幾句書。

不知道爲什麼，想起她的時候總是想起她提著皮包，佝著背踽踽行來的樣子——彷彿已走了幾千年，從老式的師道裡走出來，從湮遠的古劇場裡走出來，又彷彿已走幾萬里地，並且涉過最荒涼的大漠，去教一個最懵懂的學生。

也許是巧合，有一次我問文化學院戲劇系的學生對她有什麼印象，他們也說常記得站在樓上教室裡，看她緩緩地提著皮包走上山徑的樣子。她生平不喜歡照相，但她在我們心中的形象是鮮活的。

那一年她爲了紀念父母，設了一個「李聖質先生夫人劇本獎」，她把首獎頒給了我的第一個劇本《畫》，她又勉勵我們務必演出。在認識她以前，我從來不相信自己會投入舞台劇的工作——我不相信我會那麼傻。可是，畢竟我也傻了，一個人只有在被另一個傻瓜的精神震撼之後，才有可能成爲新起的傻瓜。

常有人問我爲什麼寫舞台劇，我也許有很多理由，但最初的理由是「我遇見了一個老師」。我不是一個有計畫的人，我唯一做事的理由是：「如果我喜歡那個人，我就跟他一起做」。在教書之餘，在家務和孩子之餘，在許多繁雜的事務之餘，每年要完成一部戲是一件壓得死人的工作，可是我仍然做了，我不能讓她失望。

在《畫》之後，我們推出了《無比的愛》、《第五牆》、《武陵人》、《自烹》（僅在香港演出）、《和氏璧》和今年即將上演的《第三害》，合作的人如導演黃以功，舞台設計聶光炎，也都是她的學生。

我還記得，去年八月，我寫完《和氏璧》，半夜裡叫了一部車去叩她的門，當時我來不及謄錄，就把原稿呈給她看。第二天一清早她的電話就來了，她鼓勵我，稱讚我，又囑咐我好好籌演，聽到她的電話，我感動不已，她一定是漏夜不眠趕著看的。現在回想起來不免內疚，是她太溫厚的愛把我寵壞了吧，為什麼我興匆匆地去半夜叩門的時候就不曾想想她的年齡和她的身體呢？她那時候已經在病著吧？還是她活得太樂觀太積極，使我們都忘了她的年齡和身體呢？

我曾應《幼獅文藝》之邀為她寫一篇生平介紹和年表，有很長一段時間，我仔細觀察她的生活，她吃得很少（家裡倒是常有點心），穿得也馬虎，住宅和家具也只取簡單實用，連計程車都不大坐。我記得我把寫好的稿子給她看時，她只說：「寫得太好了——我那裡有這麼好？」接著她又說：「看了妳的文章別人會誤會我很孤單，其實我最愛熱鬧的，親戚朋友大家都來了我才喜歡呢！」

那是真的，她的獨身生活過得平靜、熱鬧而又溫暖，她喜歡一切愉悅的東西，她像孩子。很少看見獨身的女人那樣愛小孩的，當然小孩也愛她，她只陪小孩玩，送他們巧克力，她跟小孩在一起的時候只是小孩，不是學者，不是教授，不是立法委員。

有一夜，我在病房外碰見她所教過的兩個女學生，說是女學生，其實已是孩子讀大學的華髮媽媽了，那還是她在大學畢業和進入研究所之間的一年，在廣東培道中學所教的學生，算來已接近半世紀了（李老師早年嘗用英文寫過一個劇本《半世紀》，內容係寫一傳教士終身奉獻的故事，其實現在看看，她自己也是一個奉獻了半世紀的傳教士）。我們一起坐在廊上聊天的時候，那太太掏出她兒子從臺中寫來的信，信上記掛著李老師，那大男孩說：「除了爸媽，我最想念的就是她了。」——她就是這樣一個被別人懷念，被別人愛的人。

作爲她的學生，有時不免想知道她的愛情，對於一個愛美、愛生命的人而言，很難想像她從來沒有戀愛過，當然，誰也不好意思直截地問她，我因寫年表之便稍微探索了一下，我問她：「你平生有沒有什麼人影響你最多的？」

「有，我的父親，他那樣爲眞理不退不讓的態度給了我極大的影響，我的筆名雨初（李老先生的名字是李兆霖，字雨初，聖質則是家譜上的排名）就是爲了紀念他。」「除了長輩，我也指平輩，平輩之中有沒有朋友是你所佩服而給了你終生的影響的？」她思索了一下說：「有的，我有一個男同學，功課很好，不認識他以前我只喜歡玩，不太看得起用功的人，寫作也只覺得單憑才氣就可以了，可是他勸導我，使我明白好好用功的重要，光憑才氣是不行的——我至今還在用功，可以說是受他的影響。」

作爲一個女孩子，我很難相信一個女孩既折服於一個男孩而不愛他的，但我不知道那個書唸得極好的男孩現今在哪裡，他們有沒有相愛過？我甚至不敢問他叫什麼名字。他們之間也許什麼都沒開始，什麼都沒有發生——當然，我倒是寧可相信有一段美麗的故事被歲月遺落了。

據她在培道教過的兩個女學生說：「倒也不是特別抱什麼獨身主義，只是沒有碰到一個跟她一樣好的人。」我覺得那說法是可信的，要找一個跟她一樣有學養、有氣度、有原則、有熱度的人，質之今世，是太困難了。多半的人總是有學問的人不肯辦事，肯辦事的沒有學問，李老師的孤單何止在婚姻一端，她在提倡劇運的事上也是孤單的啊！

有一次，一位在香港導演舞台劇的江偉先生到臺灣來拜見李老師，我帶他去看李老師，她很高興，送了他一套簽名著作。江先生第二次來台的時候，老師還請他吃了一頓飯。也許因爲自己是台山人，跟華僑社會比較熟，所以只要聽說海外演戲，她就非常快樂、非常興奮，她有一件超凡的本領，就是在最無可圖爲的時候，仍然興致勃勃的，相信明天。

我還記得那一次吃飯，她問我要上那一家，我因爲知道她一向儉省（她因爲儉省慣了，倒從來不覺得自己是在儉省了，所以你從來不會覺得她是一個在吃苦的人），所以建議她去雲南人和園吃「過橋麵」。她難得胃口極好，一再鼓勵我們再叫些東西，她說了一句很慈愛的話：「放心叫吧，你們再吃，也不會把我吃窮，不吃，也不會讓我富起來。」而今，時方一年，話猶在耳，老師卻永遠不再吃一口人間的煙火了，筵席一散，就一直散了。

今秋我從國外回來，趕完了劇本，想去看她，曾問黃以功她能吃些什麼，「她什麼也不吃了，這三個月，我就送過一次木瓜，反正送她什麼也不能吃了——」

我想起她最後的一個戲《瑤池仙夢》，漢武帝曾那樣描寫死亡：「你到如今還可以活在世上，行著、動著、走著、談著、說著、笑著；能吃、能喝、能睡、能醒、又歌、又唱，享受五味，鑑賞五色，聆聽五音，而她，卻蟄伏在那冰冷黑暗的泥土裡，她那花容月貌，那慧心靈性……都……都……」

心中黯然久之。

李老師和我都是基督徒，都相信永生，她在極端的痛苦中，我們曾手握著手一起禱告，按理說是應該不在乎「死」的——可是我仍然悲痛，我深信一個相信永生的人從基本上來說是愛生命的，愛生命的人就不免爲死別而悽愴。

如果我們能愛什麼人，如果我們要對誰說一句感恩的話，如果我們要送禮物給誰，就趁早吧！因爲誰也不知道明天還能不能表達了。

其實，我在八月初回國的時候，如果立刻去看她，她還是精神健旺的，至我卻拚著命去趕一個新劇本《第三害》，趕完以後又漏夜謄抄，可是我還是跑輸了，等我在回國二十天後把抄好的劇本帶到病房去的時候，她已進入病危期了，她的兩眼睜不開，她的聲音必須伏在胸前才能聽到，她再也不能張開眼睛看我的劇本了。子期一死，七絃去彈給誰聽呢？但是我不會摔破我的琴，我的老師雖走了，眾生中總有一位足以爲我之師爲我之友的，我雖不知那人在何處，但何妨抱著琴站在通衢大道上等待呢，舞台劇的藝術總有一天會被人接受的。

年初，大家籌演老師的《瑤池仙夢》的時候，心中已有幾分憂愁，聶光炎曾說：「好好幹吧，老人家就七十歲了，以後的精力如何就難說了，我們也許是最後一次替她效力了。」不料一語成讖，她果眞在《瑤池仙夢》三個月以後開刀，在七個月後不治。《瑤池仙夢》後來得到最佳演出的金鼎獎，其導演黃以功則得到最佳導演獎，我不知對一位終生不渝其志的戲劇家來說這種榮譽能增加她什麼，但多少也表現社會給她的一點尊重。

有一次，她開玩笑的對我說：

「我們廣東有句話：『你要受氣，就演戲。』」

我不知她一生為了戲劇受了多少氣，但我知道，即使在晚年，即使受了一輩子氣，她仍是和樂的，安詳的。甚至開刀以後，眼看是不治了，她卻在計畫什麼時候出院，什麼時候出國去爲她的兩個學生黃以功和牛川海安排可讀的學校，尋找一筆深造的獎學金，她的遺志沒有達成便撒手去了，以功和川海以後或者有機會深造，或者因恩師的謝世而不再有肯栽培他們的人，但無論如何，他們已自她得到最美的遺產，那是她的誠懇和關注。

她在病床上躺了四個月，几上總有一本聖經，床前總有一個忠心不渝的管家阿美，她本名叫李美丹，也有六十了，是李老師鄰村的族人，從抗戰後一直跟從李老師到今，她是一個瘦小的，大眼睛的，面容光潔的，整日身著玄色唐裝而面帶笑容的老式婦女。老師病篤的時候曾因她照料辛苦而要加她的錢，她黯然地說：「談什麼錢呢？我已經服侍她一輩子了，我要錢做什麼用呢？她已經到最後幾天了，就是不給錢，我也會伺候的。」我對她有一種眞誠的敬意。

亞歷山大大帝曾自謂：「我兩手空空而來，兩手空空而去。」但作爲一個基督徒的她卻可以把這句話改爲：「我兩手空空而來，但卻帶著兩握盈盈的愛和希望同去，我在人間曾播下一些不朽是給了別人而依然存在的。」

最後我願將我的新劇《第三害》和它的演出，作爲一束素菊，獻於我所愛的老師靈前，曾有人讚美過我，曾有人詆毀過我，唯有她，曾用智慧和愛心教導了我。她曾在前台和後台看我們的演出，而今，我深信她仍殷殷地從穹蒼俯身看我們這一代的舞台。

——選自大地版《你還沒有愛過》（一九八三年）

輯二

釀酒的理由

我在酒裡看到我自己
如果孔子是待沽的玉
則我便是那待斟的酒
以一生的時間去醞釀自己的濃度
所等待的只是那一霎的傾注

我交給你們一個孩子

我交給你們一個孩子

小男孩走出大門，返身向四樓陽台上的我招手，說：

「再見！」

那是好多年前的事了，那個早晨是他開始上小學的第二天。

我其實仍然可以像昨天一樣，再陪他一次，但我卻狠下心來，看他自己單獨去了。他有屬於他的一生，是我不能相陪的，母子一場，只能看作一把借來的古琴，能撫弦多久，便撫弦多久，但借來的歲月畢竟是有其歸還期限的。

他歡然地走出長巷，很聽話地既不跑也不跳，一副循規蹈矩的模樣。我一人怔怔地望著巷中尤加利樹下細細的朝陽而落淚。

想大聲地告訴全城市，今天早晨，我交給你們一個小男孩，他還不知恐懼爲何物，我卻是知道的，我開始恐懼自己有沒有交錯？

我把他交給馬路，我要他遵守規矩沿著人行道而行，但是，匆匆的路人啊，你們能夠小心一點嗎？不要撞到我的孩子，我把我至愛的交給了縱橫的道路，請容許我看見他平平安安地回來！

我不曾搬遷戶口，我們不要越區就讀，我們讓孩子讀本區內的國民小學而不是某些私立明星小學，我努力去信任自己國家的教育當局，而且，是以自己的兒女爲賭注來信任的——但是，學校啊，當我把我的孩子交給你，你保證給他怎樣的教育？今天清晨，我交給你一個歡欣誠實又穎悟的小男孩，多年以後，你將還我一個怎樣的青年？

他開始識字，開始讀書，當然，他也要讀報紙、聽音樂或看電視、電影，古往今來的撰述者啊！各種方式的知識傳遞者啊！我的孩子會因你們得到什麼呢？你們將飲之以瓊漿，灌之以醍醐，還是哺之以糟粕？他會因而變得正直忠信，還是學會奸猾詭詐？當我把我的孩子交出來，當他向這世界求知若渴，世界啊，你給他的會是什麼呢？

世界啊，今天早晨，我，一個母親，向你交出她可愛的小男孩，而你們將還我一個怎樣的呢？

小蜥蜴如何藏身在草叢裡的奇觀

我給小男孩請了一位家庭教師，在他七歲那年。

聽到的人不免嚇一跳：

「什麼？那麼小就開始補習了？」

不是的，我爲他請一位老師是因爲小男孩被蝴蝶的三部曲弄得神魂顚倒，又一心想知道螞蟻怎麼回家；看到世上有那麼多種蛇，也使他歡喜得著了慌，我自己對自然的萬物只有感性的歡欣讚歎，沒有條析縷陳的解釋能力，所以，我爲他請了老師。

有一張徵求老師的文字是我想用而不曾用過的，多年來，它像一罈忘了喝的酒，一直堆棧在某個不顯眼的角落。春天裡，偶然男孩又不自覺地轉頭去聽鳥聲的時候，我就會想起自己心底的那篇文字：

> 我們要爲我們的小男孩尋找一位生物老師。
>
> 他七歲，對萬物的神奇興奮到發昏的程度，他一直想知道，這一切「爲什麼是這樣的」？
>
> 我們想爲他找的不單是一位授課的老師，也是一位啓示他生命的奇奧和繁富的人。

他不是天才，他只是一個好奇而且喜歡早點知道答案的孩子。我們尊重他的好奇，珍惜他興奮易感的心，我們不是富有的家庭，但我們願意好好爲他請一位老師，告訴他花如何開？果如何結？蜜蜂如何住在六角形的屋子裡？蚯蚓如何在泥土中走路吃飯？……他只有一度童年，我們急於讓他早點享受到「知道」的權利。

有的時候，也請帶他到山上到樹下去上課，他喜歡知道蕨類怎樣成長，杜鵑怎樣紅遍山頭，以及小蜥蜴如何藏身在草叢裡的奇觀……。

有誰願意做我們小男孩的生物老師？

小男孩後來讀了兩年生物，獲益無窮，而這篇在心底重複無數遍的「徵求老師」的腹稿卻只供我自己回憶。

尋人啓事

我坐在餐桌上修改自己的一篇兒童詩稿，夜漸漸深了。

男孩房裡的燈仍亮著，他在準備那些考不完的試。

我說：

「喂，你來，我有一篇詩要給你看！」

他走過來，把詩拿起來，慢慢看完，那首詩是這樣寫的：

尋人啟事

媽媽在客廳貼起一張大紅紙
上面寫著黑黑的幾行字：
茲有小男孩一名不知何時走失
誰把他拾去了啊，仁人君子
他身穿小小的藍色水手服
他睡覺以前一定要唸故事
他重得像鉛球又快活得像天使
滿街去指認金龜車是他的專職
當電扇修理匠是他的大志
他把剛出生的妹妹看了又看露出詭笑：
「媽媽呀，如果你要親她就只准親她的牙齒。」
那個小男孩到哪裡去了，誰肯給我明示？
聽說有位名叫時間的老人把他帶了去

卻換給我一個國中的少年比媽媽還高
正坐在那裡愁眉苦臉地背歷史
那昔日的小男孩啊不知何時走失
誰把他帶還給我啊，仁人君子

看完了，他放下，一言不發地回房去了。第二天，我問他：

「你讀那首詩怎麼不發表一點高見？」

「我讀了很難過，所以不想說話……。」

我茫然走出他的房間，心中悵悵，小男孩已成大男孩，他必須有所忍受，有所承載，我所熟知的一度握在我手裡的那一雙小手有如飛鳥，在翩飛中消失了。

僅僅只在不久以前，他不是還牽著妹妹的手，兩人詭祕地站在我的書房門口嗎？他們同聲用排練好的做作的廣告腔說：

好立克大王
張曉風女士
請你出來
爲你的兒子女兒沖一杯好立克

這樣的把戲玩了又玩，一杯杯香濃的飲料喝了又喝，童年，繁華喧天的歲月，就如此跫音漸遠。

有一次，在朋友的牆上看到一幅英文格言：

「今天，是你生命餘年中的第一日。」

我看了，立即不服氣。

「不是的，」我說，「對我來講，今天，是我有生之年的最後一天。」

最後一天，來不及的愛，來不及的飛揚，來不及的期許，來不及的珍惜和低徊。

容我好好愛寵我的孩子，在今天，畢竟，在永世永劫的無窮歲月裡，今天，仍是他們今後一生一世裡最最幼小的一天啊！

——原載一九八三年四月四日《中國時報》人間副刊・選自爾雅版《我在》

一個女人的愛情觀

忽然發現自己的愛情觀很土氣，忍不住自笑了起來。

對我而言，愛一個人就是滿心滿意要跟他一起「過日子」，天地濛鴻荒涼，我們不能妄想把自己擴充為六合八方的空間，只希望以彼此的火燼把屬於兩人的一世時間填滿。

客居歲月，暮色裡歸來，看見有人當街親熱，竟也視若無睹，但每看到一對人手牽手提著一把青菜一條魚從菜場走出來，一顆心就忍不住惻惻的痛了起來，一蔬一飯裡的天長地久原是如此味永難言啊！相擁的那一對也許今晚就分手，但一鼎一鑊裡卻有其朝朝暮暮的恩情啊！

愛一個人原來就只是在冰箱裡為他留一只蘋果，並且等他歸來。

愛一個人就是在寒冷的夜裡不斷在他的杯子裡斟上剛沸的熱水。

愛一個人就是喜歡兩人一起收盡桌上的殘肴，並且聽他在水槽裡刷碗的音樂——事後再偷偷把他不曾洗乾淨的地方重洗一遍。

愛一個人就有權利霸道的說：

「不要穿那件衣服，難看死了，穿這件，這是我新給你買的。」

愛一個人就是一本正經的催他去工作，卻又忍不住躲在他身後想搗幾次小小的蛋。

愛一個人就是在撥通電話時忽然不知道要說什麼，才知道原來只是想聽聽那熟悉的聲音，原來眞正想撥通的，只是自己心底的一根弦。

愛一個人就是把他的信藏在皮包裡，一日拿出來看幾回、哭幾回、癡想幾回。

愛一個人就是在他遲歸時想上一千種壞可能，在想像中經歷萬般劫難，發誓等他回來要好好罰他，一旦見面卻又什麼都忘了。

愛一個人就是在眾人暗罵：「討厭！誰在咳嗽！」你卻急道：「唉，唉，他這人就是記性壞啊，我該買一瓶川貝枇杷膏放在他的背包裡的！」

愛一個人就是上一刻鐘想把美麗的戀情像冬季的松鼠祕藏堅果一般，將之一一放在最隱秘最安妥的樹洞裡，下一刻鐘卻又想告訴全世界這驕傲自豪的消息。

愛一個人就是在他的頭銜、地位、學歷、經歷、善行、劣跡之外，看出眞正的他不過是個孩子——好孩子或壞孩子——所以疼了他。

也因此，愛一個人就喜歡聽他兒時的故事，喜歡聽他有幾次大難不死，聽他如何淘氣惹厭，怎樣善於玩彈珠或打「水漂漂」，愛一個人就是忍不住替他記住了許多往事。

愛一個人就不免希望自己更美麗，希望自己被記得，希望自己的容顏體貌在極盛時於對方如霞光過目，永不相忘，即使在繁花謝樹的冬殘，也有一個人沉如歷史典冊的瞳仁可以見證你的華采。

愛一個人總會不厭其煩的問些或回答些傻問題，例如：「如果我老了，你還愛我嗎？」「愛！」「我的牙都掉光了呢？」「我吻你的牙床！」

愛一個人便忍不住迷上那首白髮吟：

親愛，我年已漸老
白髮如霜銀光耀
唯你永是我愛人
永遠美麗又溫柔……

愛一個人常是一串奇怪的矛盾，你會依他如父，卻又憐他如子，尊他如兄，又復寵他如弟，想師事他，跟他學，卻又想教導他把他俘虜成自己的徒弟。親他如友，又復氣他如仇，希望成為他的女皇，他唯一的女主人，卻又甘心做他的小丫鬟小女奴。

愛一個人會使人變得俗氣，你不斷的想：晚餐該吃牛舌好呢？還是豬舌？蔬菜該買大白菜？還是小白菜？房子該買在三張犁呢？還是六張犁？而終於在這份世俗裡，你了解了眾生，你參與了自古以來匹夫匹婦的微不足道的喜悅與悲辛，然後你發覺這世上有超乎雅俗之上的情境，正如日光超越調色盤上的色樣。

愛一個人就是喜歡和他擁有現在，卻又追記著和他在一起的過去。喜歡聽他說，那一年他怎樣偷偷喜歡你，遠遠的凝望著你。愛一個人又總期望著未來，想到地老天荒的他年。

愛一個人便是小別時帶走他的吻痕，如同一幅畫，帶著鑑賞者的朱印。

愛一個人就是橫下心來，把自己小小的賭本跟他合起來，向生命的大輪盤去下一番賭注。

愛一個人就是讓那人的名字在臨終之際成爲你雙唇間最後的音樂。

愛一個人，就不免生出共同的、霸佔的欲望。想認識他的朋友，想了解他的事業，想知道他的夢。希望共有一張餐桌，願意同用一雙筷子，喜歡輪飲一杯茶，合穿一件衣，並且同衾共枕，奔赴一個命運，共寢一個墓穴。

前兩天，整收房間，理出一隻提袋，上面赫然寫著「××孕婦服裝中心」，我愕然許久，既然這房子只我一人住，這隻手提袋當然是我的了，可是，我何曾跑到孕婦店去買衣服？於是不甘心的坐下來想，想了許久，終於想出來了。我那天曾去買一件斗篷式的土褐色短褸，便是用這隻綠色袋子提回來的，我是的確闖到孕婦店去買衣服了。細想起來那家店的模特兒似乎都穿著孕婦裝，我好像正是被那種美麗沉甸的繁殖喜悅所吸引而走進去的。這樣說來，原來我買的那件寬鬆適意的斗篷式短褸竟眞是給孕婦設計的。

這裡面有什麼心理分析嗎？是不是我一直追憶著懷孕時強烈的酸苦和欣喜而情不自禁的又去買了一件那樣的衣服呢？想多年前冬夜獨起，燈下乳兒的寒冷和溫暖便一下子湧回心頭，小兒吮乳的時候，你多麼希望自己的生命就此爲他竭澤啊！

對我而言，愛一個人，就不免想跟他生一窩孩子。

當然，這世上也有人無法生育，那麼，就讓共同作育的學生，共同經營的事業，共同愛過的子姪晩輩，共同譜成的生活之歌，共同寫完的生命之書來作他們的孩子。

也許還有更多更多可以說的，正如此刻，愛情對我的意義是終夜守在一盞燈旁，聽車聲退潮再復漲潮，看淡紫的天光愈來愈明亮，凝視兩人共同凝視過的長窗外的水波，在矛盾的淒涼和歡喜裡，在知足感恩和渴切不足裡細細體會一條河的韻律，並且寫一篇叫「愛情觀」的文章。

——原載一九八四年一月五日《中國時報》人間副刊・選自爾雅版《我在》

釀酒的理由

春天，檸檬還沒有大量上市，我就趕不及地做了兩罎檸檬酒。

封罎的那天，心情極其愼重，我把那未釀成的汁液諦視長久，終於模糊地搞清楚自己爲什麼那麼急，那麼瘋。

理由之一是自己剛從國外回來，很想重新擁有一份本土的芳醇。記得有一天，起得極早，只爲去小店裡喝一碗豆漿，並且吃那種厚實的菱形燒餅，或者在深夜到和式的露店裡吃一份烤味噌魚的消夜。每走在街上，兩側是複雜而「多元化」的食物的馨香。多麼喜歡看見蒙古烤肉在素食店的隔壁，多麼喜歡義大利餅和餃子店隔街對望，多麼喜歡漢堡和四神湯各有其食客。對我而言，這種尊重各種胃納的世界幾乎已經就是大同世界的初階了。愛一個地方的方法極多，其中最簡單而直接的方法之一是「吃那個地方的食物」。對我而言，每一種食物都有如南洋的榴槤——那裡的華人相信，只有愛上那種異味的人，才會眞正甘心在那裡徘徊流連。

如果一個人不愛上萬巒豬腳、新竹貢丸、埔里米粉以及牛肉麵、芒果、蓮霧、百香果，我總不相信他眞能踏實地愛臺灣。

釀一罈酒就是把本土的糖、紅標米酒和芳香噀人的檸檬攪和在一起，等待時間把它凝定成自己本土的氣味。

理由之二是由於釀一罈酒的時候幾乎覺得自己就是一個雛形的上帝——因爲手中有一項神蹟正在進行。古人以酒禮天，以酒奠亡靈，以酒祝婚姻，想必即是因爲每一罈酒都是一項奧祕一度神蹟一種介乎可成與可敗之間、介乎可掌握與不可掌握之間的萬般可能。凡人如我，怎麼可能「參天地之化育」、「締造化之神功」？但親手釀一罈酒卻庶幾近之。那時候你會回到太古，《創世記》才剛剛寫下第一行，整個故事呼之欲出，一枝筆蓄勢待發，整張羊皮因等待被書寫一段情節而無限地舒伸著……。

理由之三是由於酒是一種「時間的藝術」，家中有了一罈初釀的酒，歲月都因期待而變得晃漾不安乃至美麗起來。人雖站在廚房的油煙裡，眼睛卻望著那罈酒，如同望著一個約會，我終於斷定自己是一個飲與不飲都不重要的半吊子飲者。對我而言重要的反而是那份「期待的權利」，在微微的焦灼、不耐和甜蜜感中我日復一日隔著玻璃凝視封口之內的酒的世界。

僅僅只須著手釀一罈酒，居然就能取得一個國籍——在名爲「希望」的那個國度裡，世間還有比這種投資更划得來的事嗎？

想當年那些紹興人，在女兒一出世的時候便做下許多罈米酒埋在地窖裡，好等女兒出嫁時用來待客，那其間有多麼深婉的情意啊！那酒因而叫「女兒紅」，眞是好得不能再好的名字，令人想起桃花之塢，想起新荷之塘，想起水上琴絃以及故意俯身探到窗前來的月光，一樣地使人再多一絲觸想便要成淚。

想那些釀酒的母親，心情不知是如何的？當酒色初豔，母親的心究竟是乍喜抑是乍悲？當女兒的頭髮愈來愈烏黑濃密，髮下的臉愈來愈燦若流霞，大自然中一場大醞釀已經完成。酒已待傾，女兒正待嫁，待傾之酒明麗如女子的情淚，待嫁之女亦芳醇如乍啓的瀲灩，當此之時，做母親的心情又是怎樣的？

而我的檸檬酒並沒有這等「嚴重性」，它僅僅只是六個禮拜後便可一試的淺淺的芳香。沒有那種大喜大悲的滄桑，也不含那種亦快亦痛的宕跌——但也許這樣更好一點，讓它只是一椿小小的機密，一團悠悠的期待，恰如一疊介於在乎與不在乎之間可發表亦可不發表的個人手稿。

釀一罈酒使我和「時間」處得更好，每一個黃昏，當我穿過市聲與市塵回到這一小方寧馨的所在，我會和那親愛的酒罈子打一聲招呼說：「嗨，你今天看起來比昨天更漂亮了！」

擁有一罎酒的人把時間殘酷的減法演算成了仁慈的加法。這樣看來，一罎酒不止是一罎飲料，而且也是一件法器，一旦有了它，便可以玩出一套奇異的法術：讓一切的消失返身重現，讓一切的飛逝反成增加。擁有一罎酒的人是古代的史官，站在日日進行的情節前，等待記錄一段歷史的完成。

釀酒的理由之四是可以憑此想起以前的乃至以後的和此酒有關的友人，這樣淡薄的飲料雖不值識者一笑，卻也是許多歡聚中的一抹顏色。朋友的幽默，朋友的歌哭，朋友的睿智，乃至於他們的雄辯和緘默，他們的激揚和沉潛，他們的灑脫和樸質，都在松子色的酒光裡一一重現。酒在未飲之前是神奇的預言書，在既飲之後則又是耐讀的歷史書。沿著酒杯的礦苗挖下去，你或者掘到朋友的長歌，或者觸到朋友的淚痕，至少，你也會碰到朋友的恬淡——但無論如何你總不會碰到「空白」。

如此說來，還不該釀一罎酒嗎？

釀酒的理由之五非常簡單——我在酒裡看到我自己，如果孔子是待沽的玉，則我便是那待斟的酒，以一生的時間去醞釀自己的濃度，所等待的只是那一霎的傾注。

安靜的夜裡，我有時把玻璃罎搬到桌上，像看一缸熱帶魚一般盯著它看，心裡想，這奇怪的生命，它每一秒鐘的味道都和上一秒鐘不同呢！一旦身爲一罈酒，就注定是不安的，變化的，醞釀的。如果酒也有知，它是否也會打量皮囊內的我而出神呢？它或者會想：「那皮囊倒是一具不錯的酒罈呢！只是不知道罈裡的血肉能不能醞釀出什麼來？」

那時候我多想大聲地告訴它：

「是啊，你猜對了，我也是酒，醞釀中，並且等待一番致命的傾注！」

也許釀一罈酒，在四月，是一件好得根本可以不需要理由的事，可是，我恰好撿到一堆理由，特別記述如上，提供作爲下次想釀酒時的藉口。

——原載一九八四年五月二十三日《中國時報》人間副刊・選自爾雅版《我在》

玉想

(1)只是美麗起來的石頭

一向不喜歡寶石——最近卻悄悄的喜歡了玉。

寶石是西方的產物，一塊鑽石，割成幾千幾百個「割切面」，光線就從裡面激射而出，挾勢凌厲，美得幾乎具有侵略性，使我不由得不提防起來。我知道自己無法跟它的凶悍逼人相埒，不過至少可以決定「我不喜歡它」。讓它在英女王的皇冠上閃爍，讓它在展覽會上伴以投射燈和響尾蛇（防盜用）展出，我不喜歡，總可以吧！

玉不同，玉是溫柔的，早期的字書解釋玉，也只說：「玉，石之美者。」原來玉也只是石，是許多混沌的生命中忽然脫穎而出的那一點靈光。正如許多孩子在夏夜的庭院裡聽老人講古，忽有一個因洪秀全的故事而興天下之想，遂有了孫中山。又如溪畔群童，人人都看到活潑潑的逆流而上的小魚，卻有一個跌入沉思，想人處天地間，亦如此魚，必須一身逆浪，方能有成，只此一想，便有了蔣中正。所謂偉人，其實只是在遊戲場中忽有所悟的那個孩子。所謂玉，只是在時間的廣場上因自在玩耍竟而得道的石頭。

⑵克拉之外

鑽石是有價的，一克拉一克拉的算，像超級市場的豬肉，一塊塊皆有其中規中矩秤出來的標價。

玉是無價的，根本就沒有可以計值的單位。鑽石像謀職，把學歷經歷乃至成績單上的分數一一開列出來，以便敘位核薪。玉則像愛情，一個女子能贏得多少愛情完全視對方為她著迷的程度，其間並沒有太多法則可循。以撒辛格（諾貝爾獎得主）說：「文學像女人，別人為什麼喜歡她以及為什麼不喜歡她的原因，她自己也不知道。」其實，玉當然也有其客觀標準，它的硬度，它的晶瑩、柔潤、縝密、純全和刻工都可以討論，只是論玉論到最後關頭，竟只剩「喜歡」兩字，而喜歡是無價的，你買的不是克拉的計價而是自己珍重的心情。

⑶不須鑲嵌

鑽石不能佩帶，除非經過鑲嵌，鑲嵌當然也是一種藝術，而玉呢？玉也可以鑲嵌，不過卻不免顯得「多此一舉」，玉是可以直接做成戒指鐲子和簪笄的。至於玉墜、玉珮所需要的也只是一根絲繩的編結，用一段千迴百繞的糾纏盤結來繫住胸前或腰間的那一點沉實，要比金屬性冷冷硬硬的鑲嵌好吧？

不佩帶的玉也是好的，玉可以把玩，可以做小器具，可以做既能卑微的去搔癢、亦可用以象徵富貴吉祥的「如意」，可做用以祀天的璧，亦可做示絕的玦。我想做個玉匠大概比鑽石割切人興奮快樂，玉的世界要大得多繁富得多，玉是既入於生活也出於生活的，玉是名士美人，可以相與出塵，玉亦是柴米夫妻，可以居家過日。

(4)生死以之

一個人活著的時候，全世界跟他一起活——但一個人死的時候，誰來陪他一起死呢？

中古世紀有齣質樸簡直的古劇叫「人人」（Every Man），死神找到那位名叫人人的主角，告訴他死期已至，不能寬貸，卻准他結伴同行。人人找「美貌」，「美貌」不肯跟他去，人人找「知識」，「知識」也無意到墓穴裡去相陪，人人找「親情」，「親情」也顧他不得……

世間萬物，只有人類在死亡的時候需要陪葬品吧？其原因也無非由於怕孤寂，活人殉葬太殘忍，連土俑殉葬也有些居心不仁，但死亡又是如此幽闃陌生的一條路，如果待嫁的女子需要「陪嫁」來肯定來繫連她前半生的娘家歲月，則等待遠行的黃泉客何嘗不需要「陪葬」來憑藉來思憶世上的年華呢？

陪葬物裡最纏綿的東西或許便是玉琀蟬了，蟬色半透明，比眞實的蟬爲薄，向例是含在死者的口中，成爲最後的，一句沒有聲音的語言，那句話在說：

「今天，我入土，像蟬的幼蟲一樣，不要悲傷，這不叫死，有一天，生命會復活，會展翅，會如夏日出土的鳴蟬……」

那究竟是生者安慰死者而塞入的一句話？抑是死者安慰生者而含著的一句話？如果那是願心，算不算狂妄的侈願？如果那是謊言，算不算美麗的謊言？我不知道，只知道玉琀蟬那半透明的豆青或土褐色彷彿是由生入死的薄膜，又恍惚是由死返生的符信，但生生死死的事豈是我這樣的凡間女子所能參破的？且在這落雨的下午俯首凝視這枚佩在自己胸前的被烈焰般的紅絲線所穿結的玉琀蟬吧！

(5)玉肆

我在玉肆中走，忽然看到一塊像蛀木又像土塊的東西，彷彿一張枯澀凝止的悲容，我駐足良久，問道：

「這是一種什麼玉？多少錢？」

「你懂不懂玉？」老闆的神色間頗有一種抑制過的傲慢。

「不懂。」

「不懂就不要問！我的玉只賣懂的人。」

我應該生氣應該跟他激辯一場的，但不知爲什麼，近年來碰到類似的場面倒寧可笑笑走開。我雖然不喜歡他的態度，但相較而言，我更不喜歡爭辯，尤其痛恨學校裡「奧瑞根式」的辯論比賽，一句一句逼著人追問，簡直不像人類的對話，囂張狂肆到極點。

不懂玉就不該買不該問嗎？世間識貨的又有幾人？孔子一生，也沒把自己那塊美玉成功的推銷出去。《水滸傳》裡的阮小七說：「一腔熱血，只要賣與識貨的！」但誰又是熱血的識貨買主？連聖賢的光焰，好漢的熱血也都難以傾銷，幾塊玉又算什麼？不懂玉就不准買玉，不懂人生的人豈不沒有權利活下去了？

當然，玉肆老闆大約也不是什麼壞人，只是一個除了玉的知識找不出其他可以自豪之處的人吧？

然而，這件事眞的很遺憾嗎？也不盡然，如果那天我碰到的是個善良的老闆，他可能會爲我詳細解說，我可能心念一動便買下那塊玉，只是，果眞如此又如何呢？它會成爲我的小古玩。但此刻，它是我的一點憾意，一段未圓的夢，一份既未開始當然也就不致結束的情緣。

隔著這許多年如果今天那玉肆的老闆再問我一次是否識玉，我想我仍會回答不懂，懂太難，能疼惜寶重也就夠了。何況能懂就能愛嗎？在競選中互相中傷的政敵其實不是彼此十分了解嗎?當然，如果情緒高昂，我也許會塞給他一張《說文解字》抄下來的紙條：

玉，石之美者，有五德
潤澤以溫，仁之方也
䚡理自外，可以知中，義之方也
其聲舒揚，專以遠聞，智之方也
不撓而折，勇之方也
銳廉而不忮，絜之方也

然而，對愛玉的人而言，連那一番大聲鏜鞳的理由也是多餘的。愛玉這件事幾乎可以單純到不知不識而只是一團簡簡單單的歡喜。像嬰兒喜歡清風拂面的感覺，是不必先研究氣流風向的。

(6)瑕

付錢的時候，小販又重複了一次：

「我賣你這瑪瑙，再便宜不過了。」

我笑笑，沒說話，他以爲我不信，又加上一句：

「眞的——不過這麼便宜也有個緣故，你猜爲什麼?」

「我知道，它有斑點。」本來不想提的，被他一逼，只好說了，免得他一直囉嗦。

「哎呀，原來你看出來了，玉石這種東西有斑點就差了，這串項鍊如果沒有瑕疵，哇，那價錢就不得了啦！」

我取了項鍊，儘快走開。有些話，我只願意在無人處小心的，斷斷續續的，有一搭沒一搭的說給自己聽：

對於這串有斑點的瑪瑙，我怎麼可能看不出來呢？它的斑痕如此清清楚楚。

然而買這樣一串項練是出於一個女子小小的俠氣吧，憑什麼要說有斑點的東西不好？水晶裡不是有一種叫「髮晶」的種類嗎？虎有紋，豹有斑，有誰嫌棄過它的皮毛不夠純色？

就算退一步說，把這斑紋算瑕疵，世間能把瑕疵如此坦然相呈的人也不多吧？凡是可以坦然相見的缺點都不該算缺點的。純全完美的東西是神器，可供膜拜。但站在一個女人的觀點來看，男人和孩子之所以可愛，正是由於他們那些一清二楚的無所掩飾的小缺點吧？就連一個人對自己本身的接納和縱容，不也是看準了自己的種種小毛病而一笑置之嗎？

所有的無瑕是一樣的——因爲全是百分之百的純潔透明，但瑕疵斑點卻面目各自不同。有的斑痕像蘚苔數點，有的是砂岸逶迤，有的是孤雲獨去，更有的是鐵索横江，玩味起來，反而令人忻然心喜。想起平生好友，也是如此，如果不能知道一兩件對方的糗事，不能有一兩件可笑可嘲可詈可罵之事彼此打趣，友誼恐怕也會變得空洞吧？

有時獨坐細味「瑕」字，也覺悠然意遠，瑕字左邊是玉旁，是先有玉才有瑕的啊！正如先有美人而後才有「美人痣」。先有英雄，而後有悲劇英雄的缺陷性格(tragic flew)。缺憾必須依附於完美，獨存的缺憾豈有美麗可言，天殘地闕，是因爲天地都如此美好，才容得修地補天的改造的塗痕。一個「壞孩子」之所以可愛，不也正因爲他在撒嬌賴蠻不講理之外有屬於一個孩童近乎神明的純潔了直嗎？

瑕的右邊是叚，叚有赤紅色的意思，瑕的解釋是「玉小赤」，我也喜歡瑕字的聲音，自有一種坦然的不遮不掩的亮烈。

完美是難以冀求的，那麼，在現實的人生裡，請給我有瑕的眞玉，而不是無瑕的僞玉。

(7)唯一

據說，世間沒有兩塊相同的玉——我相信，雕玉的人豈肯去重複別人的創製。

所以，屬於我的這一塊，無論貴賤精粗都是天地間獨一無二的。我因而疼愛它，珍惜這一場緣分，世上好玉萬千，我卻恰好遇見這塊，世上愛玉人亦有萬千，它卻偏偏遇見我，但我們之間的聚會，也只是五十年吧？上一個佩玉的人是誰呢？有些事是既不能去想更不能嫉妒的，只能安安分分珍惜這匆匆的相屬相連的歲月。

⑻活

佩玉的人總相信玉是活的，他們說：

「玉要戴，戴戴就活起來了哩！」

這樣的話是眞的嗎？抑或只是傳說臆想？

我不知道自己能不能把一塊玉戴活，這是需要時間才能證明的事，也許幾十年的肌膚相親，眞可以使玉重新有血脈和呼吸。但如果奇蹟是可祈求的，我願意首先活過來的是我，我的清潔質地，我的緻密堅實，我的瑩秀溫潤，我的斐然紋理，我的清聲遠揚，如果玉可以因人的佩帶而復活，也讓人因佩玉而復活吧，讓每一時每一刻的我瑩彩曖曖，如冬日清晨的半窗陽光。

⑼石器時代的懷古

把人和玉，玉和人交織成一的神話是《紅樓夢》，它也叫《石頭記》，在補天的石頭群裡，主角是那三萬六千五百零一塊中外多出的一塊。天長日久，竟成了通靈寶玉，注定要來人間歷經一場情劫。

他的對方則是那似曾相識的絳珠仙草。

那玉，是男子的象徵，是對於整個石器時代的懷古。那草，是女子的表記，是對榛榛莽莽洪荒森林的思憶。

靜安先生釋《紅樓夢》中的玉，說「玉」即「欲」，大約也不算錯吧？《紅樓夢》中含玉字的名字總有其不凡的主人，像寶玉、黛玉、妙玉、紅玉，都各自有他們不同的人生欲求。只是那欲似乎可以解作英文裡的 want，是一種不安，一種需索，是不知所從出的纏綿，是最快樂之時的淒涼，最完滿之際的缺憾，是自己也不明白所以的惴惴，是想挽住整個春光留下所有桃花的貪心，是大徹大悟與大戀棧之間的擺盪。

神話世界每是既富麗而又高寒的，所以神話人物總要找一件道具或伴檔相從，設若龍不吐珠，嫦娥沒有玉兔，李聃失了青牛，果老走了肯讓人倒騎的驢或是麻姑少了仙桃，孫悟空繳回金箍棒，那神話人物真不知如何施展身手了——賈寶玉如果沒有那塊玉，也只能做美國童話《綠野仙蹤》裡的「無心人」奧迪斯。

「人非木石，孰能無情」，說這話的人只看到事情的表相，木石世界的深情大義又豈是我們凡人所能盡知的。

⑽玉樓

如果你想知道鑽石，世上有寶石學校可讀，有證書可以證明你的鑑定力。但如果你想知道玉，且安安靜靜的做你自己，並且從膚髮的溫潤、關節的玲瓏、眼目的清澈、意志的凝聚、言笑的清朗中去認知玉吧！玉即是我，所謂文明其實亦即由石入玉的歷程，亦即由血肉之軀成爲「人」的史頁。

道家以目爲「銀海」，以肩爲玉樓，想來仙家玉樓連雲也不及人間一肩可擔道義的肩胛骨爲貴吧？愛玉之極，恐怕也只是返身自重吧？

——原載一九八五年一月《故宮文物月刊》・選自九歌版《玉想》

只因爲年輕啊

(1)愛—恨

小說課上，正講著小說，我停下來發問：「愛的反面是什麼？」

「恨！」

大約因爲對答案很有把握，他們回答得很快而且大聲，神情明亮愉悅，此刻如果教室外面走過一個不懂中國話的老外，隨他猜一百次也猜不出他們唱歌般快樂的聲音竟在說一個「恨」字。

我環顧教室，心裡浩嘆，只因爲年輕啊，只因爲太年輕啊，我放下書，說：

「這樣說吧，譬如說你現在正在談戀愛，然後呢？就分手了，過了五十年，你七十歲了，有一天，黃昏散步，冤家路窄，你們又碰到一起了。這時候，對方定定地看著你，說：

『×××，我恨你！』

如果情節是這樣的，那麼，你應該慶幸，居然被別人痛恨了半個世紀，恨也是一種很容易疲倦的情感，要有人恨你五十年也不簡單，怕就怕在當時你走過去說：

『×××，還認得我嗎？』

對方楞楞地呆望著你說：

『啊，有點面熟，你貴姓？』

全班學生都笑起來，大概想像中那場面太滑稽太尷尬吧？

「所以說，愛的反面不是恨，是漠然。」

笑罷的學生能聽得進結論嗎？——只因太年輕啊，愛和恨是那麼容易說得清楚的一個字嗎？

⑵受創

來採訪的學生在客廳沙發上坐成一排，其中一個發問道：

「讀你的作品，發現你的情感很細緻，並且總是在關懷，但是關懷就容易受傷，對不對？

那怎麼辦呢？」

我看了她一眼，多年輕的額，多年輕的頰啊，有些問題，如果要問，就該去問歲月，問我，我能回答什麼呢？但她的明眸定定地望著我，我忽然笑了起來，幾乎有點促狹的口氣：

「受傷，這種事是有的——但是你要保持一個完完整整不受傷的自己做什麼用呢？你非要把你自己保衛得好好的不可嗎？」

她驚訝地望著我，一時也答不上話。

人生世上，一顆心從擦傷、灼傷、凍傷、撞傷、壓傷、扭傷、挫傷，乃至到內傷，哪能一點傷害都不受呢？如果關懷和愛就必須包括受傷，那麼就不要完整，只要撕裂，基督不同於世人的，豈不正在那雙釘痕宛在的受傷手掌嗎？

小女孩啊，只因年輕，只因一身光燦晶潤的肌膚太完整，你就捨不得碰撞就害怕受創嗎？

(3)經濟學的旁聽生

「什麼是經濟學呢？」他站在台上，戴眼鏡，灰西裝，聲音平靜，典型的中年學者。

台下坐的是大學一年級的學生，而我，是置身在這二百人大教室裡偷偷旁聽的一個。

從一開學我就昂奮起來，因爲在課表上看見要開一門「社會科學概論」的課程，包括四位教授來設「政治」「法律」「經濟」「人類學」四個講座。想起可以重新做學生，去聽一門門對我而言嶄新的知識，那份喜悅眞是掩不住藏不嚴，一個人坐在研究室裡都忍不住要輕輕地笑起來。

「經濟學就是把『有限資源』做『最適當的安排』，以得到『最好的效果』。」

台下的學生沙沙地抄著筆記。

「經濟學爲什麼發生呢？因爲資源『稀少』，不單物質『稀少』，時間也『稀少』——而『稀少』又是爲什麼？因爲，相對於『欲望』，一切就顯得『稀少』了……」

原來是想在四門課裡跳過經濟學不聽的，因爲覺得討論物質的東西大概無甚可觀，沒想到一走進教室來竟聽到這一番解釋。

「你以爲什麼是經濟學呢？一個學生要考試，時間不夠了，書該怎麼唸，這就叫經濟學啊！」

我楞在那裡反覆想著他那句「爲什麼有經濟學——因爲稀少——爲什麼稀少，因爲欲望」而麻顫驚動，如同山間頑崖愚壁偶聞大師說法，不免震動到石骨土髓格格作響的程度。原來整場生命也可作經濟學來看，生命也是如此短小稀少啊！而人的不幸卻在於那顆永遠渴切不止的有所索求、有所躍動、有所未足的心，爲什麼是這樣的呢？爲什麼竟是這樣的呢？我癡坐著，任淚下如麻不敢去動它，不敢讓身旁年輕的助教看到，不敢讓大一年輕的孩子看到。奇怪，爲什麼他們都不流淚呢？只因爲年輕嗎？因年輕就看不出生命如果像戲，也只能像一場短短的獨幕劇嗎？「朝如青絲暮成雪」，乍起乍落的一朝一暮間又何嘗眞有少年與壯年之分？「急罰盞，夜闌燈滅」，匆匆如赴一場喧譁夜宴的人生，又豈有早到晚到早走晚走的分別？然而他們不悲傷，他們在低頭記筆記。聽經濟學聽到哭起來，這話如果是別人講給我聽的，我大概會大笑，笑人家的濫情，可是……

「所以，」經濟學教授又說話了，「有位文學家卡萊亞這樣形容：經濟學是門『憂鬱的科學』……」

我疑惑起來，這教授到底是因有心而前來說法的長者，還是以無心來渡脫的異人？至於滿堂的學生正襟危坐是因歲月尚早，早如揭衣初涉水的淺溪，所以才凝然無動嗎？爲什麼五月山梔子的香馥裡，獨獨旁聽經濟學的我爲這被一語道破的短促而多欲的一生而又驚又痛淚如雨下呢？

⑷如果作者是花

「年年歲歲花相似，歲歲年年人不同。」

詩選的課上，我把句子寫在黑板上，問學生：

「這句子寫得好不好？」

「好！」

他們的聲音聽起來像眞心的，大概在強說愁的年齡，很容易被這樣工整、俏皮而又悵惘的句子所感動吧？

「這是詩句，寫得比較文雅，其實有一首新疆民謠，意思也跟它差不多，卻比較通俗，你們知道那歌詞是怎麼說的？」

他們反應靈敏，立刻爭先恐後地叫出來：

太陽下山明早依舊爬上來，
花兒謝了明年還是一樣的開，
美麗小鳥一去無影踪，
我的青春小鳥一樣不回來，
我的青春小鳥一樣不回來。

那性格活潑的乾脆就唱起來了。

「這兩種句子從感性上來說，都是好句子，但從邏輯上來看，卻有不合理的地方——當然，文學表現不一定要合邏輯，但是我還是希望你們看得出來問題在哪裡？」

他們面面相覷，又認眞地反覆念誦句子，卻沒有一個人答得上來。我等著他們，等滿堂紅潤而聰明的臉，卻終於放棄了，只因太年輕啊，有些悲涼是不容易覺察的。

「你知道為什麼說『花相似』嗎？是因為陌生，因為我們不懂花，正好像一百年前，我們中國是很少看到外國人，所以在我們看起來，他們全是一個樣子，而現在呢，我們看多了，才知道洋人和洋人大有差別，就算都是美國人，有的人也有本領一眼看出住紐約、舊金山和南方小城的不同。我們看去年的花和今年的花一樣，是因為我們不是花，不曾去認識花，體察花。而如果我們不是人，是花，我們會說：

『看啊，校園裡每一年都有全新的新鮮人的面孔，可是我們花卻一年老似一年了。』

同樣的，新疆歌謠裡的小鳥雖一去不回，太陽和花其實也是一去不回的，太陽有知，太陽也要說：

『我們今天早晨升起來的時候，已經比昨天疲軟蒼老了，奇怪，人類卻一代一代永遠有年輕的面孔……』

我們是人，所以感覺到人事的滄桑變化，其實，人世間何物沒有生老病死，只因我們是人，說起話來就只能看到人的痛，你們猜，那句詩的作者如果是花，花會怎麼寫呢？」

「年年歲歲人相似，歲歲年年花不同。」他們齊聲回答。

他們其實並不笨，不，他們甚至可以說很聰明，可是，剛才他們為什麼全不懂呢？只因為年輕，只因為對宇宙生命共有的枯榮代謝的悲傷有所不知啊！

(5)高倍數顯微鏡

他是一個生物系的老教授，外國人。在台灣，有些高山植物以他的名字命名，而我認識他的時候他已經退休了。

「小時候，父親是醫生，他看病，我就站在他旁邊，他說：『孩子，你過來，這是哪一塊骨頭？』我就立刻說出名字來……。」

我喜歡聽老年人說自己幼小時候的事，人到老年還不能忘的記憶，大約有點像太湖底下撈起的石頭，是洗淨塵泥後的硬瘦剔透，上面附著一生歲月所沖積洗刷出的浪痕。

這人大概注定要當生物學家的。

「少年時候，喜歡看顯微鏡，因爲那裡面有一片神奇隱祕的世界，但是看到最細微的地方就看不清楚了，心裡不免想，趕快做出高倍數的新式顯微鏡吧，讓我看得更清楚，讓我對細枝末節了解得更透徹，這樣，我就會對生命的原質明白得更多，我的疑難就會消失……。」

「後來呢？」

「後來，果然顯微鏡愈做愈好，我們能看清楚的東西，愈來愈多，可是……」

「可是什麼？」

「可是我並沒有成爲我自己所預期的『更明白生命眞相的人』，糟糕的是比以前更不明白了，以前的顯微倍數不夠，有些東西根本沒發現，所以不知道那裡隱藏了另一段祕密，但現在，我看得愈細，知道得愈多，愈不明白了，原來在奧祕的後面還連著另一串奧祕……。」

我看著他清癯消蝕的頰和清灼明亮的眼睛，知道他是終於「認了」。半世紀以前，那意氣風發的少年以爲只要一架高倍數的顯微鏡，生命的祕密便迎刃而解，什麼使他敢生出那番狂想呢？只因爲年輕吧？只因爲年輕吧？而退休後，在校園的行道樹下看花開花謝的他終於低眉而笑，以近乎撒賴的口氣說：

「沒有辦法啊，高倍數的顯微鏡也沒有辦法啊，在你想盡辦法以爲可以看到更多東西的時候，生命總還留下一段奧祕，是你想不通猜不透的……」

註：此教授名叫棣慕華（Charles De Vol，一九〇三—一九八九），原籍美國，成長於江蘇六合。後半生住台灣，是一位基督教貴格教會的牧師，也身兼台大教授。對台灣高山蕨類頗有研究，有些台灣高山植物以他的名字命名。

(6) 浪擲

開學的時候，我要他們把自己形容一下，因爲我是他們的導師，想多知道他們一點。

大一的孩子，新從成功嶺下來，從某一點上看來，也只像高四罷了，他們倒是很合作，一個一個把自己盡其所能地描述了一番。

等他們說完了，我忽然覺得驚訝不可置信，他們中間照我來看分成兩類，有一類說：「我從前愛玩，不太用功，從現在起，我想要好好讀點書。」另一類則說：「我從前就只知道讀書，從現在起我要好好參加些社團，或者去郊遊。」

奇怪的是，兩者都有輕微的追悔和遺憾。

我於是想起一段三十多年前的舊事，那時流行一首電影插曲（大約是叫〈漁光曲〉吧），阿姨舅舅都熱心播唱，我雖小，聽到「月兒彎彎照九州」覺得是可以同意的，卻對其中的另一句大爲疑惑。

「舅舅，爲什麼要唱『小妹妹青春水裡丟』呢？」

「因爲她是漁家女嘛，漁家女打魚不能去上學，當然就浪費青春啦！」

我當時只知道自己心裡立刻不服氣起來，但因年紀太小，不會說理由，不知怎麼吵，只好不說話，但心中那股不服倒也可怕，可以埋藏三十多年。

等讀中學聽到「春色惱人」，又不死心的去問，春天這麼好，爲什麼反而好到令人生惱，別人也答不上來，那討厭的同學甚至眨眨狎邪的眼光，暗示春天給人的惱和「性」有關。但是實情一定不是這樣的，一定另有一番道理，那道理我隱約知道，卻說不出來。

更大以後，讀浮士德，那些埋藏許久的問句都匯攏過來，我隱隱知道那裡有一番解釋了。

年老的浮士德，坐對滿屋子自己做了一生的學問，在典籍冊頁的陰影中他乍乍瞥見窗外的四月，歌聲傳來，是慶祝復活節的喧譁隊伍。那一霎間，他懊悔了，他覺得自己的一生都拋擲了，他以爲只要再讓他年輕一次，一切都會改觀。中國元雜劇裡老旦上場照例都要說一句「花有重開日，人無再少年」（說得淡然而確定，也不知看劇的人驚不驚動）。而浮士德卻以靈魂押注，換來第二度的少年，以及「因少年才有資格擁有的種種可能」。可憐的浮士德，學究天人，卻不知道生命是一樁太好的東西，好到你無論選擇什麼方式度過，都像是一種浪費。

生命有如一枚神話世界裡的珍珠，出於砂礫，歸於砂礫，晶光瑩潤的只是中間這一段短短的幻象啊！然而，使我們顛之倒之甘之苦之的不正是這短短的一段嗎？珍珠和生命還有另一個類同之處，那就是你傾家蕩產去買一粒珍珠是可以的，但反過來你要拿珍珠換衣換食卻是荒謬的。就連鑲成珠墜掛在美人胸前也是無奈的，無非使兩者合作一場「慢動作的人老珠黃」罷了。珍珠只是它圓燦含彩的自己，你只能束手無策地看著它，你只能歡喜或喟然——因爲你及時趕上了它出於砂礫且必然還原爲砂礫之間的這一段燦然。

而浮士德不知道——或者執意不知道，他要的是另一次「可能」。像一個不知是由於技術不好或是運氣不好的賭徒，總以爲只要再讓他玩一盤，他準能翻本。三十多年前想跟舅舅辯的一句話我現在終於懂得該怎麼說了，打魚的女子如果算是浪擲青春的話，挑柴的女子豈不也是嗎？讀書的名義雖好聽，而令人眼目爲之昏眊，脊骨爲之佝僂，還不該算是青春的虛擲嗎？此外，一場刻骨的愛情就不算煙雲過眼嗎？一番功名利祿就不算滾滾塵埃嗎？不是啊，青春太好，好到你無論怎麼過都覺浪擲，回頭一看，都要生悔。

「春色惱人」那句話現在也懂了，世上的事最不怕的應該就是「兵來有將可擋，水來以土能掩」，只要有對策就不怕對方出招。怕就怕在一個人正小小心心地和現實生活鬥陣，打成平手之際，忽然陣外冒出一個叫「宇宙大化」的對手，他斜裡殺出一記叫「春天」的絕招，身為人類的我們眞是措手不及。對著排山倒海而來的桃紅柳綠，對著蝕骨的花香，奪魂的陽光，生命的豪奢絕豔怎能不令我們張皇無措，當此之際，眞是不做什麼既要懊悔——做了什麼也要懊悔。春色之教人氣惱跺腳，就是氣在我們無招以對啊！

回頭來想我導師班上的學生，聰明穎悟，卻不免一半為自己的用功後悔，一半為自己的愛玩後悔——只因年輕啊，只因太年輕啊！以為只要換一個方式，一切就扭轉過來而無憾了。孩子們，不是啊，眞的不是這樣的！生命太完美，青春太完美，甚至連一場匆匆的春天都太完美，完美到像喜慶節日裡一個孩子手上的氣球，飛了會哭，破了會哭，就連一日日空癟下去也是要令人哀哭的啊！

所以，年輕的孩子，連這麼簡單的道理你難道也看不出來嗎？生命是一個大債主，我們怎麼混都是他的積欠戶。既然如此，乾脆寬下心來，來個「債多不愁」吧！既然青春是一場「無論做什麼都覺是浪擲」的憾意，何不反過來想想，那麼，也幾乎等於「無論誠懇地做了什麼都不必言悔」，因爲你或讀書或玩，或作戰，或打魚，恰恰好就是另一個人嘆氣說他遺憾沒做成的。

——然而，是這樣的嗎？不是這樣的嗎？在生命的面前我可以大發職業病做一個把別人都看作孩子的教師嗎？抑或我仍然只是一個太年輕的蒙童，一個不信不服欲有所辯而又語焉不詳的蒙童呢？

——原載一九八五年六月二十日《中國時報》人間副刊・選自爾雅版《從你美麗的流域》

色識

顏色之爲物，想來應該像詩，介乎虛實之間，有無之際。

世界各民族都有其「上界」與「下界」的說法，以供死者前往——獨有中國的特別好辨認，所謂「上窮『碧』落下『黃』泉」。千字文也說「天地玄黃」，原來中國的天堂地獄或是宇宙全是有顏色的哩！中國的大地也有顏色，分五塊設色，如同小孩玩的拼圖版，北方黑，南方赤，西方白，東方青，中間那一塊則是黃的。

有些人是色盲，有些動物是色盲，但更令人驚訝的是，據說大部分人的夢是無色的黑白片。這樣看來，即使色感正常的人，每天因爲睡眠也會讓人生的三分之一時間失色。

中國近五百年來的畫，是一場墨的勝利。其他顏色和黑一比，竟都黯然引退，好在民間的年畫、刺繡和廟宇建築仍然五光十色，相較之下，似乎有下面這一番對照：

成人的世界是素淨的黯色，但孩子的衣著則不避光鮮明豔。

漢人的生活常保持淵沉的深色，苗傜藏胞卻以彩色環繞漢人提醒漢人。平素家居度日是單色的，逢到節慶不管是元宵放燈或端午贈送香包或市井婚禮，色彩便又復活了。

庶民（又稱「黔」首、「黧」民）過老態的不設色的生活，帝王將相仍有黃袍朱門紫綬金駕可以炫耀。

「古文」的園囿不常言色，「詩詞」的花園裡卻五彩絢爛。

顏色，在中國人的世界裡，其實一直以一種稀有的、矜貴的，與神祕領域暗通的方式存在。

顏色，本來理應屬於美術領域，不過，在中國，它也屬於文學。眼前無形無色的時候，單憑紙上幾個字，也可以想見月落江湖「白」，潮來天地「青」的山川勝色。

逛故宮，除了看展出物品，也愛看標籤，一個是「實」，一個是「名」。世上如果只有喝酒之實而無「女兒紅」這樣的酒名，日子便過得不精「彩」了。諸標籤之中且又獨喜與顏色有關的題名，像下面這些字眼，本身便簡扼似詩：

祭　紅：祭紅是一種沉穩的紅釉色，紅釉本不可多得，不知祭紅一名何由而來，似乎有時也寫作「積紅」，給人直覺的感受不免有一種宗教性的虔誠和絕對。本來羊群中最健康的、玉中最完美的可作禮天敬天之用，祭紅也該是最凝聚最純粹最接近奉獻情操的一種紅，相較之下，「寶石紅」一名反顯得平庸，雖然寶石紅也光瑩秀澈，極為難得。

牙白：牙白指的是象牙白，因為不頂白反而有一種生命感，讓人想到羊毛、貝殼或乾淨的骨骼。

甜白：不知怎麼回事會找出甜白這麼好的名字，幾件號稱甜白的器物多半都脆薄而婉膩，甜白的顏色微灰泛紫加上幾分透明。像霧峰一帶的好芋頭，熟煮了，在熱氣中乍剝了皮，含粉含光，令人甜從心起，甜白兩字也不知是不是這樣來的。

嬌黃：嬌黃其實很像杏黃，比黃瓤西瓜的黃深沉，比袈裟的黃輕俏，是中午時分對正陽光的透明黃玉，是琉璃盞中新榨的純淨橙汁，黃色能黃到這樣好真教人又驚又愛又心安。美國式的橘黃太耀眼，可以做屬於海洋的遊艇和救生圈的顏色，中國皇帝的龍袍黃太誇張，彷彿新富乍貴，自己一時也不知該怎麼穿著，才胡亂選中的顏色，看起來不免有點舞臺戲服的感覺。但嬌黃是定靜的沉思的，有著《大學》一書裡所說的「定而後能靜、靜而後能安、安而後能慮、慮而後能得」的境界。有趣的是「嬌」字本來不能算是稱職的形容顏色的字眼——太主觀，太情緒化，但及至看了「嬌黃高足大盌」，倒也立刻忍不住點頭稱是，承認這種黃就該叫嬌黃。

茶葉末：茶葉末其實是秋香色，也略等於英文裡的酪梨色(Avocado)，但情味並不相似。酪梨色是軟綠中透著柔黃，如池柳初舒，茶葉末則顯然忍受過搓揉和火炙，是生命在大挫傷中歷練之餘的幽沉芬芳，但兩者又分明屬於一脈家譜，互有血緣。此色如果單獨存在，會顯得悒悶，但由於是釉色，所以立刻又明麗生鮮起來。

鷓鴣斑：這稱謂原不足以算「純顏色」，但仔細推來，這種乳白赤褐交錯的圖案效果如果不用此字，眞不知如何形容，鷓鴣斑三字本來很可能是鷓鴣鳥羽毛的錯綜效果，我自己卻一廂情願的認爲那是鷓鴣鳥蛋殼的顏色。所有的鳥蛋都有極其漂亮的顏色，或紅褐，或淺碧，或斑斑朱朱。鳥蛋不管隱於草茨或隱於枝柯，像未熟之前的果實，它有顏色的目的竟是求其「失色」，求其「不被看見」。這種斑麗的隱身衣眞是動人。

霽青、雨過天青：霽青和雨過天青不同，前者是凝凍的深藍，後者比較有雲淡天青的淺致。有趣的是從字義上看都指雨後的晴空。大約好事好物也不能好過頭，朗朗青天看久了也會糊塗，以爲不希罕。必須烏雲四合，鉛灰一片乃至雨注如傾盆之後的青天才可喜。柴世宗御批指定「雨過天青雲破處，這般顏色做將來。」口氣何止像君王，更像天之驕子，如此肆無忌憚簡直根本不知道世上有不可爲之事，連造化之詭，天地之祕也全不瞧在眼裡。不料正因爲他孩子似的、貪心的、漫天開價的要求，世間竟眞的有了雨過天青的顏色。

剔紅：一般顏色不管紅黃青白，指的全是數學上的「正號」，是在形狀上面「加」上去的積極表現。剔紅卻特別奇怪，剔字是「負號」，指的是在層層相疊的漆色中以雕刻家的手法挖掉了紅色，是「減掉」的消極手法。其實，既然剔除了只能叫剔空，它卻堅持叫剔紅，彷彿要求我們留意看那番疼痛的過程。站在大玻璃櫥前看剔紅漆盒看久了，竟也有一份悲喜交集的觸動，原來人生亦如此盒，它美麗剔透，不在保留下來的這一部分，而在挖空剔除的那一部分。事情竟是這樣的嗎？在忍心的割捨之餘，在冷情的鏤空之後，生命的圖案才足動人。

鬥彩：鬥彩的鬥字也是個奇怪的副詞，顏色與顏色也有可鬥的嗎？文字學上鬥字也通於逗，逗字與鬥字在釉色裡面都有「打情罵俏」的成分，令人想起李賀的「石破天驚逗秋雨」，那一番逗簡直是挑逗啊！把雨水從天外逗引出來，把顏色從幽冥中逗弄出來，鬥彩的小器皿向例是熱鬧的，少不了快意的青藍和珊瑚紅，非常富民俗趣味。近人語言裡每以逗這個動詞當形容詞用，如云「此人眞逗！」形容詞的逗有「絕妙好玩」的意思，如此說來，我也不妨說一句「鬥彩眞逗！」

當然，「豔色天下重」，好顏色未必皆在宮中，一般人玩玉總不免玩出一番好顏色好名目來，例如：

孩兒面（一種石灰沁過而微紅的玉）

鸚哥綠（此綠是因爲做了青銅器的鄰居受其感染而變色的）

茄皮紫

秋葵黃

老酒黃（多溫暖的聯想）

蝦子青（石頭裡面也有一種叫「蝦背青」的，讓人想起屬於蝦族的灰青色的血液和肌理）

不單玉有好顏色，石頭也有，例如：

魚腦凍：指一種青灰淺白半透明的石頭，「燈光凍」則更透明。

雞　血：指濃紅的石頭。

艾葉綠：據說是壽山石裡面最好最值錢的一種。

鍊蜜丹棗：像蜜餞一樣，是個甜美生津的名字，書上說「百鍊之蜜，漬以丹棗，光色古黯，而神氣煥發」。

桃花水：據說這種亦名桃花片的石頭浸在瓷盤淨水裡，一汪水全成了淡淡的「竟日桃花逐水流」的幻境。如果以桃花形容石頭，原也不足爲奇，但加一「水」字，則迷離恍漾，硬是把人推到「兩岸桃花夾古津」的粉紅世界裡去了。類似的淺紅石頭也有叫「浪滾桃花」的，聽來又悽惋又響亮，教人不知如何是好。

硯水凍：這是種不純粹的黑，像白晝和黑夜交界處的交戰和朦朧，並且這份朦朧被魔法定住，凝成水果凍似的一塊，像硯池中介乎濃淡之間的水，可以寫詩，可以染墨，也可以祕而不宣，留下永恆的緘默。

石頭的好名字還有許多，例如「鴝鵒眼」（一切跟「眼」有關的大約都頗精粹動人，像「虎眼」、「貓眼」）「桃暈」、「洗苔水」、「晚霞紅」等。

當然，石頭世界裡也有不「以色事人」的，像太湖石、常山石，是以形質取勝，兩相比較，像美人與名士，各有可傾倒之處。

除了玉石，駿馬也有漂亮的顏色，項羽必須有英雄最相宜的黑色來配，所以「烏」騅不可少，關公有「赤」兔，劉徹有汗「血」，此外「玉」驄，「華」騮，「紫」驥，無不充滿色感，至於不騎馬而騎牛的那位老聃他的牛也有顏色，是青牛，老子一路行去，函谷關上只見「紫」氣東來。

馬之外，英雄當然還須有寶劍，寶劍也是「紫電」、「青霜」，當然也有以「虹氣」來形容劍器的，那就更見七彩繽紛了。

中國晚期小說裡也流金泛彩，不可收拾，《金瓶梅》裡小小幾道點心，立刻讓人進入「色彩情況」，如：

「揭開，都是頂皮餅，松花餅，白糖萬壽糕，玫瑰搽穰捲兒。」

寫惠蓮打鞦韆一段也寫得好：

「這惠蓮也不用人推送，那鞦韆飛起在半天雲裡，然後忽地飛將下來，端的卻是飛仙一般，甚可人愛。月娘看見，對玉樓李瓶兒說：『你看媳婦子，他倒會打。』正說著，被一陣風過來，把她裙子刮起，裡邊露見大紅潞紬褲兒，扎著臟頭紗綠褲腿兒，好五色納紗護膝，銀紅線帶兒。玉樓指與月娘瞧。」

另外一段寫潘金蓮裝丫頭的也極有趣：

「卻說金蓮晚夕，走到鏡臺前，把鬏髻摘了，打了個盤頭楂髻，把臉搽的雪白，抹的嘴唇兒鮮紅，戴著兩個金燈籠墜子，貼著三個面花兒，帶著紫銷金箍兒，尋了一套大紅織金襖兒，下著翠藍緞子裙，粧粉丫頭，哄月娘眾人耍子。叫將李瓶兒來與他瞧，把李瓶兒笑的前仰後合。說道：『姐姐，你粧扮起來，活像個丫頭，我那屋裡有紅布手巾，替你蓋著頭，等我往後邊去，對他們只說他爹又尋了個丫頭，唬他們唬，敢情就信了』。」

買手帕的一段，顏色也多得驚人：

「敬濟道：『門外手帕巷有名王家，專一發賣各色改樣銷金點翠手帕汗巾兒，隨你要多少也有，你老人家要甚麼顏色？銷甚花樣？早說與我，明日都替你一齊帶的來了。』李瓶兒道：『我要一方老黃銷金點翠穿花鳳的。』敬濟道：『六娘，老金黃銷上金，不顯。』李瓶兒道：『你別要管我，我還要一方銀紅綾銷江牙海水嵌八寶兒的，又是一方閃色芝麻花銷金的。』敬濟便道：『五娘，你老人家要甚花樣？』金蓮道：『我沒銀子，只要兩方兒夠了，要一方玉色綾鎖子地兒銷金的。』敬濟道：『你又不是老人家，白刺刺的要他做甚麼？』金蓮道：『你管他怎的？戴不的，等我往後有孝戴！』敬濟道：『那一方要甚顏色？』金蓮道：『那一方，我要嬌滴滴紫葡萄顏色四川綾汗巾兒，上銷金間點翠花樣錦，同心結方勝地兒，一個方勝兒裡面，一對兒喜相逢，兩邊闌子兒都是纓絡珍珠碎八寶兒。』敬濟聽了，說道：『耶嚛，耶嚛，再沒了，賣瓜子兒開箱子打噴嚏，瑣碎一大堆。』」

看了兩段如此如見其人如聞其聲的描寫，竟也忍不住疼惜起潘金蓮來了，有表演天才，對音樂和顏色的世界極敏銳，喜歡白色和嬌滴滴的葡萄紫，可憐這聰明剔透的女人，在這個世界上她除了做西門慶的第五房老婆外，可以做的事其實太多了！只可憐生錯了時代！

《紅樓夢》裡更是一片華彩，在「千紅一窟」、「萬豔同盃」的幻境之餘，怡紅公子終生和紅的意象是分不開的，跟黛玉初見時，他的衣著如下：

「頭上戴著束髮嵌寶紫金冠，齊眉勒著二龍戲珠金抹額；一件二色金百蝶穿花大紅箭袖，束著五彩絲攢花結長穗宮絛，外罩石青起花八團倭緞排穗褂；登著青緞粉底小朝靴……」

沒過多久，他又換了家常衣服出來：

「已換了冠帶，頭上周圍一轉的短髮，都結成小辮，紅絲結束，共攢至頂中胎髮，總編一根大辮，黑亮如漆；從頂至梢，一串四顆大珠，用金八寶墜腳；身上穿著紅撒花半舊大襖，仍舊帶著『項圈』、『寶玉』、『寄名鎖』、『護身符』等物；下面半露松綠撒花綾褲，錦邊彈墨襪，厚底大紅鞋。」

寶玉由於在小說中身居要津，不免時時刻刻要為他佈下多彩的戲服，時而是五色斑麗的孔雀裘，有時是生日小聚時的「大紅綿紗小襖兒，下面綠綾彈墨夾褲，散著褲腳，繫著一條汗巾，靠著一個各色玫瑰芍藥花瓣裝的玉色夾紗新枕頭」。生起病來，他點的菜也是仿製的小荷花葉子、小蓮蓬，圖的只是那翠荷鮮碧的好顏色。告別的鏡頭是白茫茫大地上的一件猩紅斗篷。就連日常保暖的一件小內衣，也是白綾子紅裡子上面繡起最生香活色的「鴛鴦戲水」。

和寶玉的猩紅斗篷有別的是女子的石榴紅裙。猩紅是「動物性」的，傳說紅染料裡要用猩猩血色來調才穩得住，眞是悽傷至極點的頑烈顏色，恰適合寶玉來穿。石榴紅是植物性的，香菱和襲人兩個女孩在林木蓊鬱的園子裡，偷偷改換另一條友伴的紅裙，以免自己因玩瘋了而弄髒的那一條被眾人發現了。整個情調讀來是淡淡的植物似的優閒和疏淡。

和寶玉同屬「富貴中人」的是王熙鳳，她一出場，便自不同：

「只見一群媳婦丫嬛擁著一個麗人從後房進來。這個人打扮與姑娘們不同，彩繡輝煌，恍若神仙妃子，頭上戴著金絲八寶攢珠髻，綰著朝陽五鳳掛珠釵；項上戴著赤金盤螭瓔絡圈；身上穿著鏤金百蝶穿花大紅雲緞窄褙襖，外罩五彩刻絲石青銀鼠褂，下著翡翠撒花洋縐裙。」

這種明豔剛硬的古代「女強人」，只主管一個小小賈府，眞是白糟蹋了。

《紅樓夢》裡的室內設計也是一流的，探春的，妙玉的，秦氏的，賈母的，各有各的格調，各有各的擺設，賈母偶然談起窗紗的一段，令人神往半天：

「那個紗比你們的年紀還大呢！怪不得他認做蟬翼紗，原也有些像。不知道的都認作蟬翼紗，正經名叫『軟煙羅』……那個軟煙羅只有四樣顏色：一樣雨過天青，一樣秋香色，一樣松綠的，一樣就是銀紅的。要是做了帳子，糊了窗屜，遠遠的看著，就似煙霧一樣，所以叫做軟煙羅。那銀紅的又叫做『雲影紗』。」

《紅樓夢》也是一部「紅」塵手記吧，大觀園裡春天來時，鶯兒摘了柳樹枝子，編成淺碧小籃，裡面放上幾枝新開的花，……好一齣色彩的演出。

和小說的設色相比，詩詞裡的色彩世界顯然密度更大更繁富。奇怪的是大部分作者都秉承中國人對紅綠兩色的偏好，像李賀，最擅長安排「紅」、「綠」這兩個形容詞前面的副詞，像：

老紅、墜紅、冷紅、靜綠、空綠、頹綠。眞是大膽生鮮，從來在想像中不可能連接的字被他一連，也都變得嫵媚合理了。

此外像李白「寒山一帶傷心碧」(〈菩薩蠻〉)，也用得古怪，世上的綠要綠成什麼樣子才是傷心碧呢？「一樹碧無情」亦然，要綠到什麼程度可算絕情綠，令人想像不盡。

杜甫「寵光蕙葉與多碧，點注桃花舒小紅」(〈江雨有懷鄭典設〉)以「多碧」對「小紅」也是中國文字活潑到極處的面貌吧？

此外李商隱、溫飛卿都有色癖，就是一般詩人，只要拈出「雨中黃葉樹」、「燈下白頭人」的對句，也一樣有迷人情致。

詞人中小山詞算是極愛色的，鄭因百先生有專文討論，其中如：

綠嬌紅小、朱絃綠酒、殘綠斷紅、露紅煙綠、遮悶綠掩羞紅、晚綠寒江、君貌不長紅、我鬢無重綠。

竟然活生生的將大自然中最旺盛最歡愉的顏色馴服爲滿山蒼涼，也眞是奪造化之功了。

秦少游的「鶯嘴啄花紅溜，燕尾點波綠縐」也把顏色驅趕成一群聽話的上駟，前句由於鶯的多事，造成了由高枝垂直到地面的用花瓣點成的虛線，後句則緣於燕的無心，把一面池塘點化成迴紋千度的綠色大唱片。另外有位無名詞人的「萬樹綠低迷，一庭紅撲簌」也令人目迷不暇。

李清照「知否知否，應是綠肥紅瘦」的顏色自己也幾乎成了美人，可以在纖穠之間各如其度。

蔣捷有句謂「紅了櫻桃，綠了芭蕉」，其中的紅綠兩字不單成了動詞，而且簡直還是進行式的，櫻桃一點點加深，芭蕉一層層轉碧，眞是說不完的風情。

辛稼軒「喚取紅巾翠袖，揾英雄淚」也在英雄事業的蒼涼無奈中見婉媚。其實世上另外一種悲劇應是「紅巾翠袖空垂」——因爲找不到眞英雄，而且眞英雄未必肯以淚示人。

元人小令也一貫的愛顏色，白樸有句曰「黃蘆岸白蘋渡口，綠楊堤紅蓼灘頭」用色之奢侈，想來隱身在五色祥雲後的神仙也要爲之思凡吧？馬致遠也有「和露摘黃花，帶霜烹紫蟹，煮酒燒紅葉」的好句子，煮酒其實只用枯葉便可，不必用紅葉，曲家用了，便自成情境。

世界之大，何處無色，何時無色，豈有一個民族會不懂顏色？但能待顏色如情人，相知相契之餘且不嫌麻煩的，想出那麼多出人意表的字眼來形容描繪它，捨中文外，恐怕不容易再找到第二種語言了吧？

——原載一九八五年七月號《故宮文物月刊》・選自九歌版《玉想》

人體中的繁星和穹蒼

一個人是怎樣變成自然科學家的？我認爲是由於驚奇。

另一個人是怎樣變成詩人的？我認爲，也是由於驚奇。

至於那些成爲音樂家成爲畫家、乃至成爲探險家的，都源於對萬事萬物的一點欣喜錯愕，因而不能自已的想去親炙探究的衝動。

如果一定要說有什麼差別的話，那就是科學家總是在驚奇之餘想去揣一揣眞相。文學藝術家卻在驚奇之際只顧讚美歎氣手舞足蹈起來——但是，其實，沒有人禁止科學家一面研究一面讚歎，也沒有限制文學藝術家一面讚歎一面研究。

萬物本身的可驚可奇是可愛的，而我，在生活的層層磨難之餘仍能感知萬物的可驚可奇也是可喜的——如今，在這裡能將種種可驚可奇分享給別人更是可喜的。讓我們一起來讚歎也一起來探究吧！

生命最初的故事

夜空裡，繁星如一春花事，騰騰烈烈，開到盛時，讓人擔心它簡直自己都不知該如何去了結。

繁星能數嗎？它們的生死簿能一一核查清楚嗎？

且不去說繁星和夜空，如果我們虔誠的反身自視，便會發現另一度宇宙，數以億計的小光點溯流而上，奮力在深沉黑闃的穹蒼中泅泳。然後，眾星寂滅，剩下那唯一的，唯一著陸的光體。

——我其實是在說精子和卵子的結合過程，那是生命最初的故事，是一切音樂的序曲部分，是美酒未飲前的灩瀲和期待，是飽墨的畫筆要橫走縱躍前的蓄勢。

精子的探險之旅

如果說，人體本身的種種奇奧是一系列神話，則精子的探險旅行應視作神話的第一章。故事總是這樣開始的：

有一次(Once upon a time)，有一隻小小的精子出發了，他的旅途並不孤單，和他結伴同行的探險家合起來有二、三西西（也有到五、六西西的），不要看不起這幾西西，每一西西裡的精子編制平均是二千萬到六千萬隻，（想想整個臺灣還不到二千萬人口呢！）幾西西合起來便有上億的數目了！

這是一場機密的行軍，所有的精子都安靜如赴命的戰士，只顧奮力泅泳，他們雖屬於同一部隊，（他們的軍種，略似海軍陸戰隊吧！）行軍途中卻沒有指揮官，奇怪的是他們每一個都很清楚自己的任務——他們知道此行要搶先去攀登一塊叫「卵子」的陸地，而且，這是一場不能回頭的旅途。除了第一個著陸的英雄，其他精子唯一的命運就是死掉。「抱著萬一成功的希望」，這句話對他們來說是太奢侈了，因爲他們是「抱著億一成功的希望」，而全力以赴的。

考場、球場都有正常的競爭和淘汰，但競爭淘汰的比率到達如此冷酷無情的程度，除了「精子之旅」以外也很難在其他現象裡找到了。

行行重行行，有些伙伴顯然落後了，那超前的彼此互望一眼，才發現大家在大同中原來還是有小異的，其中有一批是X兵種，另一批是Y兵種。Y的體型比較靈便，性格比較急躁，看來頗有奏凱的希望，但X穩重踏實，一副跑馬拉松的戰略，是個不可輕敵的角色。這一番「搶渡」整個途程不過二十五公分左右，但對小小的精子而言，卻也等於玄奘取經橫絕大漠的步步險阻了。這單純的朝香客便不眠不休不食不飲一路行去。

優勝劣敗的篩選

世間女子，一生排卵的數目約五百，一個現代女人大概只容其中的一、二個成孕，而每一枚成孕的卵子是在億對一的優勢選擇後才大功告成的。這種豪華浪費的大手筆眞令人吃驚——可是，經過這場劇烈的優勝劣敗的篩選，人種才有今天這麼秀異，這麼穩定。雖然「上天有好生之德」，但在整個人種綿延的過程中卻反而只見鐵面無私的霹靂手段呢！

雖然，整個旅程比一隻手掌長不了多少，但選手卻需要跑上二、三個小時或五、六個小時，算起來也是累得死人的長跑了。因此，如果情況不理想，全軍覆沒的情形也不免發生。另外一種情況也很常見，那就是選手平安到達，但對方遲到了，於是精子必須等待，事實上精子從出發到守候往往需要支持十幾個小時。

好了，終於最勇壯的一位到達終點了，通常在終點線附近會剩下大約一百名選手，最後的衝刺當然是極爲緊張的，但這勝利者得到什麼呢？有鮮花、金牌在等他嗎？有鎂光燈等著爲他作證嗎？沒有，這幸運而疲倦的英雄沒有時間接受歡呼，他必須立刻部署打第二場戰，他要把自己的頭帽自動打開，放出一些分解酵素，而這酵素可以化開卵子的一角護膜。那卵子，曾於不久前自卵巢出發，並在此中途相待，等待來自另一世界的英雄，等待膜的化解，等待對方的捨身投入。

生命完成的感恩

這一剎那，應該是大地傾身，諸天動容的一霎。

有沒有人因精卵的神蹟而肅然自重呢？原來一身之內亦自如萬古乾坤，原來一次射精亦如星辰納於天軌，運行不息。故事裡的孫悟空，曾頑皮的把自己變作一座廟宇，事實上，世間果有神靈，神靈果願容身於一座神聖的殿堂，則那座殿堂如果不坐落於你我的此身此體還會是那裡呢？

附：這樣說吧，如果你行過街頭，有人請你抽獎，如果你伸手入櫃，如果櫃中上億票券只有一張是可以得獎；而你竟抽中了，你會怎樣興奮！何況獎額不是一百萬一千萬，而是整整一部「生命」，你曾為自己這樣成胎的際遇而有過一絲一毫的感恩嗎？

——原載一九八五年十一月十五日《牛頓》雜誌・選自爾雅版《從你美麗的流域》

高處何所有

——贈給畢業同學

很久很久以前，在一個很遠很遠的地方，一位老酋長正病危。

他找來村中最優秀的三個年輕人，對他們說：

「這是我要離開你們的時候了，我要你們爲我做最後一件事，你們三個都是身強體壯而又智慧過人的好孩子，現在，請你們盡其可能的去攀登那座我們一向奉爲神聖的大山，你們要盡其可能爬到最高超最凌越的地方，然後，折回頭來告訴我你們的見聞。」

三天後，第一個年輕人回來了，他笑生雙靨，衣履光鮮：

「酋長，我到達山頂了，我看到繁花夾道，流泉淙淙，鳥鳴嚶嚶，那地方眞不壞啊！」

老酋長笑笑說：

「孩子，那條路我當年也走過，你說的鳥語花香的地方不是山頂，而是山麓，你回去吧！」

一週以後，第二個年輕人也回來了，他神情疲倦，滿臉風霜：

「酋長，我到達山頂了，我看到高大肅穆的松樹林，我看到禿鷹盤旋，那是一個好地方。」

「可惜啊！孩子，那不是山頂，那是山腰，不過，也難為你了，你回去吧！」

一個月過去了，大家都開始為第三位年輕人的安危擔心，他卻一步一蹭，衣不蔽體的回來了，他髮枯唇燥，只剩下清炯的眼神：

「酋長，我終於到達山頂，但是，我該怎麼說呢？那裡只有高風悲旋，藍天四垂。」

「你難道在那裡一無所見嗎？難道連蝴蝶也沒有一隻嗎？」

「是的，酋長，高處一無所有，你所能看到的，只有你自己，只有『個人』被放置在天地間的渺小感，只有想起千古英雄的悲激心情。」

「孩子，你到的是真的山頂，按照我們的傳統，天意要立你做新酋長，祝福你。」

真英雄何所遇？他遇到的是全身的傷痕，是孤單的長途，以及愈來愈真切的渺小感。

——選自爾雅版《三弦》（一九八六年）

時間

一鍋米飯，放到第二天，水氣就會乾了一些，放到第三天，味道恐怕就有問題，第四天，我們幾乎可以發現，它已經變壞了，再放下去，眼看就要發霉了。

是什麼原因，使那鍋米飯變餿變壞——是時間。

可是，在浙江紹興，年輕的父母生下女兒，他們就在地窖裡，埋下一罎罎米做的酒，十七八年以後，女兒長大了，這些酒就成爲嫁女兒婚禮上的佳釀，它有一個美麗而惹人遐思的名字，叫女兒紅。

是什麼使那些平凡的米，變成芬芳甘醇的酒——也是時間。

到底，時間是善良的，還是邪惡的魔術師呢？不是，時間只是一種簡單的乘法，另把原來的數值倍增而已。開始變壞的米飯，每一天都不斷變得更腐臭。而開始變醇的美酒，每一分鐘，都在繼續增加它的芬芳。

在人世間，我們也曾經看過天眞的少年一旦開始墮落，便不免愈陷愈深，終於變得滿臉風塵，面目可憎。但是相反的，時間卻把溫和的笑痕，體諒的眼神，成熟的風采，智慧的神韻添加在那些追尋善良的人身上。

同樣是煮熟的米，壞飯與美酒的差別在哪裡呢？就在那一點點酒麴。

同樣是父母所生的，誰墮落如禽獸，而誰又能提升成完美的人呢？是內心深處，緊緊環抱不放的，求眞求善的渴望。

時間將怎樣對待你我呢？這就要看我們自己是以什麼態度來期許我們自己了。

——選自爾雅版《三弦》（一九八六年）

你不能要求簡單的答案

年輕人啊，你問我說：

「你是怎樣學會寫作的？」

我說：

「你的問題不對，我還沒有『學會』寫作，我仍然在『學』寫作。」

你讓步了，說：

「好吧，請告訴我，你是怎麼學寫作的？」

這一次，你的問題沒有錯誤，我的答案卻仍然遲遲不知如何出手，並非我自祕不宣——但是，請想一想，如果你去問一位老兵：

「請告訴我，你是如何學打仗的？」

——請相信我，你所能獲致的答案絕對和「駕車十要」或「電腦入門」不同。有些事無法作簡單的回答，一個老兵之所以成爲老兵，故事很可能要從他十三歲那年和弟弟一齊用門板扛著被日本人炸死的爹娘去埋葬開始。那裡有其一生的悲憤鬱結，有整個中國近代史的沉痛、偉大和荒謬。不，你不能要求簡單的答案，你不能要一個老兵用明白扼要的字眼在你的問卷上作塡充題，他不回答則已，如果回答，就必須連著他的一生的故事。你必須同時知道他全身的傷疤，知道他的胃潰瘍，知道他五十年來朝朝暮暮的豪情與酸楚……。

年輕人啊，你眞要問我跟寫作有關的事嗎？我要說的也是：除非，我不回答你，要回答，其實也不免要夾上一生啊（雖然一生並未過完）！一生的受苦和歡悅，一生的癡意和決絕忍情，一生的有所得和有所捨。寫作這件事無從簡單回答，你等於要求我向你述說一生。

兩歲半，年輕的五姨教我唱歌，唱著唱著，就哭了，那歌詞是這樣的：

「小白菜呀，地裡黃呀，三歲兩歲，沒有娘呀……生個弟弟，比我強呀，弟弟吃麵，我喝湯呀……」

我平日少哭，一哭不免驚動媽媽，五姨也慌了，兩人追問之下，我哽咽地說出原因：

「好可憐啊，那小白菜，晚娘只給他喝湯，喝湯怎麼能喝飽呢？」

這事後來成爲家族笑話，常常被母親拿來複述。我當日大概因爲小，對孤兒處境不甚了然，同情的重點全在「弟弟吃麵他喝湯」的層面上。但就這一點，後來我細想之下，才發現已是「寫作人」的根本。人人豈能皆成孤兒而後寫孤兒？聽孤兒的故事，便放聲而哭的孩子，也許是比較可以執筆的吧。我當日尚無弟妹，在家中驕寵恣縱，就算逃難，也絕對不肯坐入挑筐。挑筐因一位挑夫可挑前後兩籮筐，所以比較便宜。千山迢遞，我卻只肯坐兩人合抬的轎子，也算是一個不乖的小孩了。日後沒有變壞，大概全靠那點善於與人認同的性格。所謂「常抱心頭一點春，須知世上苦人多」的心情，恐怕是比學問、見解更爲重要的，人之所以爲人的本源。當然它也同時是寫作的本源。

七歲，到了柳州，便在那裡讀小學三年級。讀了些什麼，一概忘了，只記得那是一座多山多水的城，好吃的柚子堆在橋的兩側賣。橋在河上，河在美麗的土地上。整個逃離的途程竟像一場旅行。聽爸爸一面計算一面說：「你已經走了大半個中國啦！從前的人，一生一世也走不了這許多路的。」小小年紀當時心中也不免陡生豪情俠意。火車在山間蜿蜒，血紅的山躑躅開得滿眼，小站上有人用小沙甑悶了香腸飯在賣，好吃得令人一世難忘。整個中國的大苦難我並不了然，知道的只是火車穿花而行，輪船破碧疾走，一路懵懵懂懂南行到廣州，彷彿也只爲到水畔去看珠江大橋，到中山公園去看大象和成天降下祥雲千朵的木棉樹……。

那一番大播遷有多少生離死別，我卻因幼小只見山河的壯闊，千里萬里的異風異俗，某一夜的山月，某一春的桃林，某一女孩的歌聲，某一城垛的黃昏。大人在憂思中不及一見的景致，我卻一一銘記在心，乃至一飯一蔬一果，竟也多半不忘。古老民間傳說中的天機，每每為童子見到，大約就是因為大人易為思慮所蔽。我當日因為渾然無知，反而直窺入山水的一片清機。山水至今仍是那一硯濃色的墨汁，常容我的筆有所汲飲。

小學三年級，寫日記是一件很痛苦的回憶。用毛筆，握緊了寫（因為母親常繞到我背後偷抽毛筆，如果被抽走了，就算握筆不牢，不合格）。七歲的我，哪有什麼可寫的情節，只好對著墨盒把自己的日子從早到晚一遍遍地再想過。其實，等我長大，真的執筆為文，才發現所寫的散文，基本上也類乎日記。也許不是「日記」而是「生記」，是一生的記錄。一般的人，只有幸「活一生」，而創作的人，卻能「活二生」。第一度的生活是生活本身；第二度則是運用思想再追回它一遍，強迫它複現一遍。萎謝的花不能再豔，磨成粉的石頭不能重堅，寫作者卻能像呼喚亡魂一般把既往的生命喚回，讓它有第二次的演出機緣。人類創造文學，想來，目的也即在此吧？我覺得寫作是一種無限豐盈的事業，彷彿別人的捲筒裡填塞的是一份冰淇淋，而我的，是雙份，是假日裡買一送一的雙份冰淇淋，豐盈滿溢。

也許應該感謝小學老師的，當時為了寫日記把日子一寸寸回想再回想的習慣，幫助我有一個內省的深思的人生。而常常偷來抽筆的母親，也教會我一件事：不握筆則已，要握，就緊緊地握住，對每一個字負責。

八歲以後，日子變得詭異起來，外婆猝死於心臟病。她一向疼我，但我想起她來卻只記得她拿一根筷子，一片制錢，用棉花自己捻線來用。外婆從小出身富貴之家，卻勤儉得像沒隔宿之糧的人。其實五歲那年，我已初識死亡，一向帶我的傭人因肺炎而死，不知是幾「七」，家門口鋪上爐灰，等著看他的亡魂回不回來，鋪爐灰是為了檢查他的腳印。我至今幾乎還能記起當時的懼怖，以及午夜時分一聲聲淒厲的狗號。外婆的死，再一次把死亡的巨痛和荒謬呈現給我，我們摺著金箔，把它吹成元寶的樣子，火光中我不明白一個人為什麼可以如此徹底消失了？葬禮的場面奇異詭祕，「死亡」一直是令我恐懼亂怖的主題——我不知該如何面對它？我想，如果沒有意識到死亡，人類不會有文學和藝術，我所說的「死亡」，其實是廣義的，如即聚即散的白雲，旋開旋滅的浪花，一張年頭鮮豔年尾破敗的年畫，或是一隻心愛的自來水筆，終成破敝。

文學對我而言，一直是那個挽回的「手勢」。果眞能挽回嗎？大概不能吧？但至少那是個依戀的手勢，強烈的手勢，照中國人的說法，則是個天地鬼神亦不免為之愀然色變的手勢。

讀五年級的時候，有個陳老師很奇怪地要我們幾個同學來組織一個「綠野」文藝社。我說「奇怪」，是因為他不知是有意或無意的，竟然絲毫不拿我們當小孩子看待。他要我們編月刊；要我們在運動會裡做記者並印發快報；他要我們寫朗誦詩，並且上臺表演；他要我們寫劇本，而且自導自演。我們在校運會中掛著記者條子跑來跑去的時候，全然忘了自己是個孩子，滿以爲自己眞是個記者了，現在回頭去看才覺好笑。我如今也教書，很不容易把學生看作成人，當初陳老師眞了不起，他給我們的雖然只是信任而不是讚美，但也夠了。我仍記得白底紅字的油印刊物印出來之後，我們去一一分派的喜悅。

我間接認識一個名叫安娜的女孩，據說她也愛詩。她要過生日的時候，我打算送她一本《徐志摩詩集》。那一年我初三，零用錢是沒有的，錢的來源必須靠「意外」，要買一本十元左右的書因而是件大事。於是我盤算又盤算，決定一物兩用。我打算早一個月買來，小心地讀，讀完了，還可以完好如新地送給她。不料一讀之後就捨不得了，而霸佔禮物也說不過去，想來想去，只好動手來抄，把喜歡的詩抄下來。這種事，古人常做，複印機發明以後就漸成絕響了。但不可解的是，抄完詩集以後的我整個和抄書以前的我不一樣了。把書送掉的時候，我竟然覺得送出去的只是形體，一切的精華早爲我所吸取，這以後我欲罷不能地抄起書來，例如：從老師借來的冰心的《寄小讀者》，或者其他散文、詩、小說，都小心地抄在活頁紙上。感謝貧窮，感謝匱乏，使我懂得珍惜，我至今仍深信最好的文學資源是來自雙目也來自腕底。古代僧人每每刺血抄經，刺血也許不必，但一字一句抄寫的經驗卻是不應該被取代的享受。彷彿玩玉的人，光看玉是不夠的，還要放在手上撫觸，行家叫「盤玉」。中國文字也充滿觸覺性，必須一個個放在紙上重新描摹——如果可能，加上吟哦會更好，它的聽覺和視覺會一時復甦起來，活力瀰瀰。當此之際，文字如果寫的是花，則枝枝葉葉芬芳可攀；如果寫的是駿馬，則嘶聲在耳，鞍轡光鮮，眞可一躍而去。我的少年時代沒有電視，沒有電動玩具，但我反而因此可以看見希臘神話中賽克公主的絕世美貌，黃河冰川上的千古詩魂……

讀我能借到的一切書，買我能買到的一切書，抄錄我能抄錄的一切片段。

劉邦項羽看見秦始皇出遊，便躍躍然有「我也能當皇帝」的念頭，我只是在看到一篇好詩好文的時候有「讓我也試一下」的衝動。這樣一來，只有對不起國文老師了。每每放了學，我穿過密生的大樹，時而停下來看一眼枝椏間亂跳的松鼠，一直跑到國文老師的宿舍，遞上一首新詩或一闋詞，然後懷著等待開獎的心情，第二天再去老師那裡聽講評。我平生頗有「老師緣」，回想起來皆非我善於撒嬌或逢迎，而在於我老是「找老師的麻煩」。我一向是個麻煩特多的孩子，人家兩堂作文課寫一篇五百字〈雙十節感言〉交差了事，我卻抱著本子從上課寫到下課，寫到放學，寫到回家，寫到天亮，把一個本子全寫完了，寫出一篇小說來。老師雖一再被我煩得要死，卻也對我終生不忘了。少年之可貴，大約便在於膽敢理直氣壯地去麻煩師長，即便有老天爺坐在對面，我也敢連問七八個疑難（經此一番折騰，想來，老天爺也忘不了我），爲文之道其實也就是爲人之道吧？能坦然求索的人必有所獲，那種渴切直言的探求，任誰都要稍稍感動讓步的吧？

你在信上問我，老是投稿，而又老是遭人退稿，心都灰了，怎麼辦？

你知道我想怎樣回答你嗎？如果此刻你站在我面前，如果你眞肯接受，我最誠實最直接的回答便是一陣仰天大笑：

「啊！哈——哈——哈——哈——哈……！」

笑什麼呢？其實我可以找到不少「現成話」來塞給你作標準答案，諸如「勿氣餒」啦、「不懈志」啦、「再接再厲」啦、「失敗爲成功之母」啦，可是，那不是我想講的，其實就只是一陣狂笑！

一陣狂笑是笑什麼呢？笑你的問題離奇荒謬。

投稿，就該投中嗎？天下哪有如此好事？買獎券的人不敢抱怨自己不中，求婚被拒絕的人也不會到處張揚，開工設廠的人也都事先心裡有數，這行業是「可能賠也可能賺」的。爲什麼只有年輕的投稿人理直氣壯地要求自己的作品成爲鉛字？人生的苦難千重，嚴重得要命的情況也不知要遇上多少次。生意場上、實驗室裡、外交場合，安詳的表面下潛伏著長年的生死之爭。每一類的成功者都有其身經百劫的疤痕，而年輕的你卻爲一篇退稿陷入低潮？

記得大一那年，由於沒有錢寄稿，（雖然，那時稿件視同印刷品，可以半價——唉，郵局眞夠意思，沒發表的稿子他們也視同印刷品呢！——可惜我當時連這半價郵費也付不出啊！）於是每天親自送稿，每天把一番心血交給門口警衛以後便很不好意思地悄悄走開——我說每天，並沒有記錯，因爲少年的心易感，無一事無一物不可記錄成文，每天一篇毫不困難。胡適當年責備少年人「無病呻吟」，其實少年在呻吟時未必無病，只因生命資歷淺，不知如何把話刪削到只剩下「深刻」，遭人退稿也是活該。我每天送稿，因此每天也就可以很準確地收到兩天前的那篇退稿，日子竟過得非常有規律起來，投稿和退稿對我而言，就像有「動脈」就有「靜脈」一般，是合乎自然定律的事情。

那一陣投稿我一無所獲——其實，不是這樣的，我大有斬獲，我學會用無所謂的心情接受退稿。那眞是「純寫稿」，連發表不發表也不放心上。

如果看到幾篇稿子回航就令你沮喪消沉——年輕人，請聽我張狂地大笑吧！一個怕退稿的人可怎麼去面對衝鋒陷陣的人生呢？退稿的災難只是一滴水一粒塵的災難，人生的災難才叫排山倒海呢！碰到退稿也要沮喪——快別笑死人了！所以說，對我而言，你問我的問題不算「問題」，只算「笑話」，投稿投不中有什麼大不了！如果你連這不算事情的事也發愁，你這一生豈不要愁死？

傳統中文系的教育很多人視之爲寫作的毒藥，奇怪的是對我而言，它卻給了我一些更堅實的基礎。文字訓詁之學，如果你肯去了解它，其間自有不能不令人動容的中國美學，聲韻學亦然。知識本身雖未必有感性，但那份枯索嚴肅亦如冬日，繁華落盡處自有無限生機。和一些有成就的學者相比，我讀的書不算多，但我自信每讀一書於我皆有增益。讀論語，於是我竟有不勝低徊之致；讀史書，更覺頁頁行行都該標上驚歎號。世上既無一本書能教人完全學會寫作，也無一本書完全於寫作無益。就連看一本濫書，也令我怵然自惕，爲文萬不可如此驕矜昏昧，不知所云。

有一天，在別人的車尾上看到「獨身貴族」四個大字，當下失笑，很想在自己車尾上也標上「已婚平民」四個字。其實，人一結婚，便已墮入平民階級，一旦生子，幾乎成了「賤民」，生活中種種繁瑣吃力處，只好一肩擔了。平民是難有閒暇的，我因而不能有充裕的寫作時間，但我也因而了解升斗小民在庸庸碌碌、乏善可陳生活背後的尊嚴，我因懷胎和乳養的過程，而能確實懷有「彼亦人子也」的認同態度，我甚至很自然地用一種霸道的母性心情去關愛我們的環境和大地。我人格的成熟是由於我當了母親，我的寫作如果日有臻進，也是基於同樣的緣故。

你看，你只問了我一個簡單的問題，而我，卻爲你講了我的半生。文章千古事，得失寸心知，記得旅行印度的時候，看到有些小女孩在編絲質地毯，解釋者說：必須從幼年就學起，這時她們的指頭細柔，可以打最細最精緻的結子，有些毯子要花掉一個女孩一生的時間呢！文學的編織也是如此一生一世吧？這世上沒有什麼不是一生一世的，要做英雄、要做學者、要做詩人、要做情人，所要付出的代價不多不少，只是一生一世，只是生死以之。

我，回答了你的問題嗎？

——原載一九八七年十月十四日《中央日報》副刊・選自爾雅版《從你美麗的流域》

錯誤

——中國故事常見的開端

在中國，錯誤不見得是一件壞事，詩人鄭愁予有首詩，題目就叫〈錯誤〉，末段那句「我達達的馬蹄是美麗的錯誤」，四十年來像一枝名笛，不知被多少嘴脣嗚然吹響。

《三國志》裡記載周瑜雅擅音律，即使酒後也仍然輕易可以辨出樂工的錯誤。當時民間有首歌謠唱道：「曲有誤，周郎顧」，後世詩人多事，故意翻寫了兩句：「欲使周郎顧，時時誤拂絃」，眞是無限機趣。詩中描述彈琴的女孩因貪看周郎的眉目，故意多彈錯幾個音，害他頻頻回首，風流俊賞的周郎哪裡料到自己竟中了彈琴素手甜蜜的機關。

在中國，故事裡的錯誤也彷彿是那彈琴女子在略施巧計，是善意而美麗的——想想如果不錯它幾個音，又焉能賺得你的回眸呢？錯誤，對中國故事而言有時幾乎成爲必須了。如果你看到〈花田錯〉、〈風箏誤〉或〈誤入桃源〉這樣的戲目不要覺得古怪，如果不錯它一錯，哪來的故事呢！

有位德國戲劇家布萊希特寫過一齣〈高加索灰闌記〉，不但取了中國故事做藍本，學了中國平劇的表演方式，到最後，連那判案的法官也十分中國化了。他故意把兩起案子誤判，反而救了兩造婚姻，眞是徹底中式的誤打誤撞，而自成佳境。

身爲一個中國讀者或觀眾，雖然不免訓練有素，但在說書人的梨花簡嗒然一聲敲響，或書頁已盡，正準備掩卷嘆息的時候，不免悠悠想起，咦？怎麼又來了，怎麼一切的情節，都分明從一點點小錯誤開始？

我們先來說《紅樓夢》吧，女媧煉石補天，偏偏煉了三萬六千五百零一塊。本來三萬六千五百是個完整的數目，非常精準正確，可以剛剛補好殘天。女媧既是神明，她心裡其實是雪亮的，但她存心要讓一向正確的自己錯它一次，要把一向精明的手段錯它一點。「正確」，只應是對工作的要求，「錯誤」，才是她樂於留給自己的一道難題，她要看看那塊多餘的石頭，究竟會怎麼樣往返人世，出入虛實，並且歷經情劫。

就是這一點點的謬錯，於是大荒山無稽崖青埂峰下，便有了一塊頑古，而由於有了這塊頑石，又牽出了日後的通靈寶玉。

整一部《紅樓夢》，原來恰恰只是數學上三萬六千五百分之一的差誤而滑移出來的軌跡，並且逐步演化出一串荒唐幽渺的情節。世上的錯誤往往不美麗，而美麗的又每每不錯誤，唯獨運氣好碰上「美麗的錯誤」才可以生發出歌哭交感的故事。

《水滸傳》楔子裡的鑄錯則和希臘神話〈潘朵拉的盒子〉有些類似，都是禁不住好奇，去窺探人類不該追究的奧祕。

但相較之下，洪太尉「揭封」又比潘朵拉「開盒子」複雜得多。他走完了三清堂的右廊盡頭，發現了一座奇特神祕的建築：門縫上交叉貼著十幾道封紙，上面高懸著「伏魔之殿」四個字。據說從唐朝以來八、九代天師每一代都親自再貼一層封條，鎖孔裡還灌了銅汁。洪太尉禁不住引誘，竟打爛了鎖，撕了封條，踢倒大門，撞進去掘起石碣，搬走石龜，最後又扛起一丈見方的大青石板，這才看到下面原來是萬丈深淵。剎那間，黑煙上騰，散成金光，激射而出。僅此一念之差，他放走了三十六座天罡星和七十二座地煞星，合共一百零八個魔王……

《水滸傳》裡一百零八個好漢便是這樣來的。

那一番莽撞，不意冥冥中竟也暗合天道，早在天師的掐指計算中——中國故事至終總會在混亂無序裡找到秩序。這一百零八個好漢畢竟曾使荒涼的年代有一腔熱血，給邪曲的世道一副直心腸。中國的歷史當然不該少了堯舜孔孟，但如果不是洪太尉伏魔殿那一攪和，我們就要失掉夜奔的林沖或醉打出山門的魯智深，想來那也是怪可惜的呢！

洪太尉的胡鬧恰似頑童推倒供桌，把裊裊煙霧中的時鮮瓜果散落一地，遂令天界的清供化成人間童子的零食。兩相比照，我倒寧可看到洪太尉觸犯天機，因為沒有錯誤就沒有故事——而沒有故事的人生可怎麼忍受呢？

一部《鏡花緣》又是怎麼樣的來由？說來也是因為百花仙子犯了一點小小的行政上的錯誤，因此便有了眾位花仙貶入凡塵的情節。犯了錯，並且以長長的一生去截補，這其實也正是大部分的人間故事吧！

也許由於是農業社會，我們的故事裡充滿了對四時以及對風霜雨露的時序的尊重。《西遊記》裡的那條老龍王為了跟人打賭，故意把下雨的時間延後兩小時，把雨量減少三寸零八點，其結果竟是慘遭斬頭。不過，龍王是男性，追究起責任來動用的是刑法，未免無情。說起來女性仙子的命運好多了，中國仙界的女權向來相當高漲，除了王母娘娘是仙界的鐵娘子以外，眾女仙也各司要職。像「百花仙子」，擔任的便是最美麗的任務。後來因為訪友下棋未歸，下達命令的系統弄亂了，眾花在雪夜奉人間女皇帝之命提前齊開。這一番「美麗的錯誤」引致一種中國仙界頗為流行的懲罰方式——貶入凡塵。這種做了人的仙即所謂「謫仙」（李白就曾被人懷疑是這種身分）。好在她們的刑罰與龍王大不相同，否則如果也殺砍百花之頭，一片紅紫狼藉，豈不傷心！

百花既入凡塵，一個個身世當然不同，她們佻達美麗，不苟流俗，各自跨步走向屬於她們自己的那一番人世歷程。

這一段美麗的錯誤和美麗的罰法都好得令人豔羨稱奇！

從比較文學的觀點看來，有人以為中國故事裡往往缺少叛逆英雄。像宙斯，那樣弒父自立的神明，像雅典娜，必須拿斧頭砍開父親腦袋自己才跳得出來的女神，在中國是不作興有的。就算搗蛋精的哪吒太子，一旦與父親衝突，也萬不敢「叛逆」，他只能「剔骨剜肉」以還父母罷了。中國的故事總是從一件小小的錯誤開端，諸如多煉了一塊石頭，失手打了一件琉璃盞，太早揭開罈子上有法力的封口（關公因此早產，並且終生有一張胎兒似的紅臉）。不是叛逆，是可以諒解的小過小犯，是失手，是大意，是一時興起或一時失察，「叛逆」太強烈，那不是中國方式。中國故事只有「錯」，而「錯」這個字既是「錯誤」之錯也是「交錯」之錯，交錯不是什麼嚴重的事，只是兩人或兩事交互的作用——在人與人的盤根錯節間就算是錯也不怎麼樣。像百花之仙，待歷經塵劫回來，依舊是仙，仍舊冰清玉潔馥馥郁郁，仍然像掌理軍機令一樣準確地依時開花。就算在受刑期間，那也是一場美麗的受罰，她們是人間女兒，蘭心蕙質，生當大唐盛世，個個「縱其才而橫其豔」，直令千古以下，回首乍望的我忍不住意飛神馳。

年輕，有許多好處，其中最足以傲視人者莫過於「有本錢去錯」。年輕人犯錯，你總得擔待他三分——

有一次，我給學生訂了作業，要他們每人唸幾十首詩，錄在錄音帶上繳來。有的學生唸得極好，有的又唸又唱，極爲精彩，有的卻有口無心。蘇東坡的「一年好景君須記，正是橙黃橘綠時」，不知怎麼回事，有好幾個學生唸成「一年好景須君記」，我聽了，一面搖頭莞爾，一面覺得也罷，蘇東坡大約也不會太生氣。本來的句子是「請你要記得這些好景致」，現在變成了「好景致得要你這種人來記」，這種錯法反而更見朋友之間相知相重之情了。好景年年有，但是，得要有好人物來記才行呀！你，就是那可以去記住天地歲華美好面的我的朋友啊！

有時候唸錯的詩也自有天機欲洩，也自有密碼可索，只要你有一顆肯接納的心。

在中國，那些小小的差誤，那些無心的過失，都有如偏離大道以後的岔路。岔路亦自有其可觀的風景，「曲徑」似乎反而理直氣壯地可以「通幽」。錯有錯著，生命和人世在其嚴厲的大制約和慘烈的大叛逆之外也何妨採中國式的小差錯小謬誤或小小的不精確。讓岔路可以是另一條大路的起點，容錯誤是中國式故事裡急轉直下的美麗情節。

——原載一九八九年十二月廿二日《中國時報》人間副刊・選自九歌版《玉想》

輯三

我的幽光實驗

我的手臂划過夜色，如同泅者
泅過黑水溝，那深暗的洋流
我彎下腰去，用手指觸摸腳尖
宇宙漠然，天地無情，唯我的腳趾尖感知
手指尖的一觸。不需華燈，不需明目
我感受到全人類也不能代替我
去感知的簡單觸覺

我知道你是誰

（1）

在這八月的烈陽下，在這語音聱牙的海口腔地區，我們開著車一路往前走，路上偶然停車，就有人過來點頭鞠躬，我站在你身旁，狐假虎威似的，也受了不少禮。

——這時候，我知道你是誰，你的名字叫做「醫生」。

到了這種鄉下地方，我眞是如魚得水，原因說來也簡單可笑，只因我愛甕。而這裡，有取之不盡的破瓦爛罐。老一輩用的鹹菜甕，如今棄置在牆角路旁，細細的口，巨大的腹——像肚子裡含蘊了千古神話的老奶奶，隨時可以爲你把英雄美人、成王敗寇的故事娓娓說上一籮筐。

而這樣的甕偶然從蔓草叢裡冒出頭來，有時蹲在一隻老花貓的爪下，有時又被牽牛花的紫毯蓋住，沉沉睡去。

「老師，你看上了什麼甕，就告訴我，這裡的人我都認識，甕這種東西，反正他們也不太用了，只要我開口，他們大概總是肯賣肯送的。」

然而這也不是什麼「伯樂過處，萬馬空群」的事業，所謂愛甕，也不過乞得一兩隻回家把玩把玩，隱隱然覺得自己擁有一些像「宇宙黑洞」般的神祕空間罷了。

撿了兩個甕，你忽然說：「我得去一位老阿婆家，我估計她這兩天差不多了，我得去給她簽死亡證明。」

我們走進三合院，是黃昏了，夕陽淒豔，小孩子滿院亂跑，紅面番鴨走前巡後，一盆紙錢熊熊燒著，老阿婆是過世了。

全家人在等你，等你去簽名，等你去宣告，宣告一個生命莊嚴的落幕。我站在旁邊，看安靜的中堂裡，那些謙卑認命的眼睛。（眞的，跟死亡，你有什麼可爭的呢？）也許是緣分吧？我怎會千里迢迢跑到這四湖鄉來參與一個老婦人的終極儀式呢？斜陽依依，照著庭院中新開的「煮飯花」（可嘆那煮飯一世的婦人，此刻再也不能起身去煮飯了），我和這些陌生人一起俯首爲生命本身的「成」「壞」過程而悲傷。

——那時候，我知道你是誰，你這曾經與我一同分享過大一國文課程的孩子，如今，你的名字叫「醫生」。

(2)

借住在蔡家，那家人，我極喜歡，雖然有點受不了海口腔的臺語。

喜歡那隻牛，喜歡那夜晚多得不可勝數的星星，喜歡一家人臉上純中國式的淡淡木木的表情。（是當今世上如此稀有的表情啊！）

你說，這一帶的農人，他們使用農藥，農藥令整個臺灣受害，但他們自己也是受害人。在撒毒的時候，他們自己也慢性中毒，許多人得了肝病。蔡老先生的肝病其實也不輕了。送我回蔡家，順便也給蔡老先生看看病。

「自從用藥以後，」你暗暗對我說，「出血止住，大便就比較漂亮了。」

對一生追求文學之美的我來說，你的話令我張口錯愕，不知如何回答。在這個世界上，像「漂亮」這樣的形容詞和「大便」這樣的主詞是無論如何也接不上頭的啊！

然而我知道，你說這話是誠心誠意的，這其間自有某種美學。

我對這種美學肅然起敬。

只因我知道持這種美學的人是誰，那是你——醫生。

(3)

人山人海，醫院門口老是這樣，我和季坐在診療室一隅，等你看完最後的病人。走進診療室的是一個小男孩和他的母親，母親很緊張，認爲小孩可能有疝氣。小孩大概才六、七歲吧！

你故意和小孩東聊西扯，想緩和一下氣氛，而那母親，那鄉下地方的女人，對聊天倒很能進入情況，可以立刻把什麼人的什麼事娓娓道來，小孩的恐懼也漸漸有點化解的樣子。

由於孩子長得矮，你教他站在診療床上。

「脫下褲子來讓我看看！」大概你認爲時機成熟了。

沒想到小男孩比電檢處更講究「三點不露」的原則，他一手護住褲腰，一手用力推了你一把，嘴裡大叫一聲：

「你三八啦！」

我和季忍俊不禁，大笑起來。

我想起小時候看的一幅漫畫，一個小男孩用他暗藏的水槍射了醫生一頭一臉，然後，他理直氣壯的向尷尬的母親解釋道：

「是他，他先用槌子敲我膝蓋，我才射他的！」

原來小病人有那麼難纏。我想，這種事也只是很小很小的 Case 罷了，麻煩的事，一定還多著呢！

但我相信你能對付的，因爲，我知道你是誰，你的名字叫「醫生」。

(4)

「有時候，我充滿無力感。」

下午的診所裡，你的側影有些憂傷。

「我忽然發現醫療能做的很少，環境才是最重要的，如果水不好了，食物不對了，醫療又能補救什麼呢？」

你碰到我此生最痛最痛的問題了，我不敢和你談下去。全世界的環境都壞了，臺灣也壞了。幼小時節那些清澈見底的小河，河裡隨便一撈就是一把的小魚小蝦那裡去了？那些樹、那些鳥、那些蟬、那些螢火蟲，都一一到那裡去了？

我知道你的憂傷，你的痛。正如在百年前的習醫的孫中山和魯迅心中，也各有其痛。我認識你，你的憂世的面容。你，一個「醫生」。

(5)

「病人一直拉肚子，一直拉，但是卻找不出原因來，」你說，「經過會診，還是找不出原因來，最後，就送到精神科來。」

那是一場小型的有關精神病學的演講，但不知爲什麼，聽著聽著，令人眼中漲滿淚意。

「我慢慢和他談話，發現他是個隻身在臺的老兵，想回老家，可是那時候還沒解嚴，不准回去。他原來是該痛哭流涕的，可是這又是個不讓男人可以哭的社會，他的身體於是就選擇了腹瀉來抗議……」

這是精神醫學嗎？我竟覺得自己在聽一首詩的精心的箋注，一首屬於這世紀的悲傷史詩的箋注。

那個病人，就如此一直流耗著，一直消滅著。我想起這事，就要落淚，爲病人，也爲那窺及靈魂幽祕處的精神醫學……

是的，我知道你是誰，你這因了解太多而悸動不已的人，你，醫生。

（6）

因爲要參加一個校際朗誦比賽，你們便選了詩，進行練習。我是指導老師，在臺下一遍遍的聽，一遍遍的修正。

其中有一句獨誦是你的，但每次你用極低沉哀緩的聲音念：「當──我──年──老──」同學就吃吃的笑出聲來。並不是你唸得不好，而是一顆年輕的心實在不知道什麼叫「年老」。把「年老」兩字交給十八歲的人去唸一唸，對他們已足以構成一個荒謬古怪的笑話，除了好笑還是好笑，此外再無其他。

但是，事情漸漸居然變得不再好笑了。那句話像什麼奇怪的咒語，漸漸逼到眼前來了。老韓院長匆匆去了，一位姓周的職員也去了——我一直記得他絮絮叨叨的跟我說，你知道嗎？你知道嗎？開始有陽明的時候，那些辦公桌是怎麼運來的，全是用我這個背一張張背上來的呀。——然而，他們走了。

曾有一個同學，極長於模仿老韓院長的聲音，凡遇什麼有趣的場合，同學總要抓他表演一番。他則老喜歡學那一段老韓院長最愛自賣自誇讚賞陽明人的話：

「We are second to none.」

當年他學的時候，大家都開心、都笑，都有大人物遭丑化的無傷大雅的喜悅。而現在，我多想再聽一遍那仿製的聲音，也許聽了以後會哭，但畢竟是久違的故人的聲音。就算是仿製的。

「當——我——年——老——」

原來那樣的詩不僅是供作朗誦比賽用的句子，它真的蹦到我們的生活裡來了。不，不僅是「當我年老」，還可以是「當我死去——」

我看著你，你正盛年，但那咒語是誰都逃不過的。於是，我看見你們茂美的青髮漸漸凋萎稀少，眼角的魚紋趦趄游來……

「當我年老——」

當我年老，我知道你們的精神生命裡曾有一滴半滴屬於我的血，我為此，合十感謝。

當你年老，我知道屬於你的一生已經全額付出。

二千年前的英雄凱撒可以這樣揚聲呼喊：

我來了，
我看見了，
我征服了。

你我卻可以輕輕的說：

我來了，
我看見了，
我給予了。

而在你漫長一生的給予之後，我會躲在某個遙遠的雲端鼓掌、喝采，說：

「啊，我知道你是誰，你是醫生。」

後記：這裡所寫的人都是跟陽明有關的師生，但不指一個人。

——原載一九九二年五月二十二日《聯合報》副刊．選自九歌版《我知道你是誰》

「就是茶」

食堂其實只是個尋常的食堂，可是它臨江。光這一點就不得了，浩浩大江彷彿伴奏樂隊，在窗外伺候。更令人肅然的是，這江叫富春江，是元代黃公望曾以之入畫，是漢代嚴子陵曾在岩灘上持竿垂釣的所在。是二千年來中國讀書人一心嚮往的隱逸夢鄉。

菜也做得清爽甘鮮。飯後，食堂中的女子端上茶來。茶味醇正端方。

「這茶，叫什麼名字？」我問女子。

「這個，就是茶呀！」她也認眞回答，聲音輕柔俐落。

此地近杭州，我在杭州城裡剛訂下一斤「雨前」，但這裡的茶顯然和我更投緣，味似包種而厚。

「我知道它是茶，可是，茶也有個名字，譬如說『龍井』啦、『白毫』啦，這茶叫什麼名字呢？」

「啊，你說的那是城裡，我們這裡的茶沒有名字，茶就是茶。」

我放棄了，我只好同意她，這茶沒有名字，它簡簡單單，它就是茶。

我不是什麼茶仙茶精之流的人，但也嘗過不少種茶：像泰北的榴槤茶、英國人愛喝的蘋果茶、粵人獨鍾的荔枝紅、竹簍包裝的六安茶、閩人的鐵觀音或道取中庸的「東方美人」、恆春那略帶海風氣息的「港口茶」……我甚至還應鳥來一家茶肆之請替新茶命名，叫「一抹綠」。

可是，在浙江省富陽縣，這美麗的小地方，那鄉下女子卻說這茶「就是茶」，我喜歡她這句話裡的禪意，彷彿宇宙洪荒，大地初醒，那時男人就叫男人，女人就叫女人，茶就叫茶。

在世間諸茶之中，我會常記得我曾喝過一盞茶，那盞沒有名字的「就是茶」。

——原載一九九二年七月一日《中國時報》人間副刊．選自九歌版《我知道你是誰》

凡夫俗子的人生第一要務便是：活著

一九七〇，民國五十九，那一年，我記得很清楚，我是個「偉人」——我是指肚子部分。

那年四月，我懷了孩子，這個孩子，今年六月自臺大外文系畢業。我想，我該比那些傻不里嘰的小學生更有資格說一句「光陰似箭，歲月如梭」吧？

那一年，二月裡，我曾夭折一個女兒，才六十天大的小嬰仔，我非常痛，不肯接受任何安慰。

我平生順遂，如有悲痛，也多是爲些堪稱「偉大」的理由，例如國家民族之類。只有這一次，我是爲自己慟哭，生命原來如此脆薄不堪一擊，我當時未滿三十，第一次了解什麼叫生、老、病、死，走在殯儀館的長廊上，我送小孩的屍體去冰凍室，深夜裡，我哀泣不止，殯儀館的老工人走來安慰我道：

「太太啊！是兒不死，是財不散哪——」

年輕的我怎能服氣呢！但那抬屍的老工人，至今想來，竟像荒天漠地裡的預言家，爲人世指點迷津……

「神啊，讓我的女兒再回來做我的女兒吧！」我祈禱。

我知道我的祈禱不合理，我知道這世上並不是失去孩子的母親都有權再要一個回來。我知道我如果有新的子女，他也只是他自己，而不是任何別人。然而，我仍哭泣哀求，還給我一個小小的女兒吧！還給我吧！

孩子出世了，在翌年早春，是個女兒。

——我忽然發覺自己原來不會繫年，我所有記事的方法都是根據孩子來的，兒子出生於民國五十七年，女兒是民國六十年，其餘的事，我便只去記下是在兒子幾歲或女兒幾歲時發生的……一九六幾或一九九幾對我而言反而沒有什麼意義。

那些年，從一九六九，我被李曼瑰老師拉著，年年演戲，累得要死——這麼說，如果給老外聽了，一定會大惑不解，「你愛演戲就演，不愛演就不演，那裡可以說是別人逼的。」但中國人大概會懂，中國人爲了相知相惜的情分，割頭的事也肯做的。

事情開始的時候是這樣的，李老師辦了一個戲劇講習班，我那時因兒子已過半歲，餵奶不必那麼頻繁，看看講習班裡倒不乏些名流，例如俞大綱先生，便決心報名參加。不料這種事參加的人往往虎頭蛇尾，不多久，我就發現只剩我跟另外一個同學在撐場面了。這時候，那終生嫁給戲劇的李曼瑰教授正努力分析易卜生的好處給我們聽。也正在這時候，我那唯一的同學跑來跟我說，放寒假了，她要回南部去了。從此以後，我便只好獨木撐天。李老師氣管不好，每次爬上設在四樓的戲劇藝術中心，總要先咳個驚天動地（我現在回想，她其實生活謹嚴，她呼吸系統的毛病應該是受二手菸之害，她身邊共事的人多是些老菸槍）。碰到這種老師，你又怎敢缺席，我們就這樣一師一徒把講習班有頭有尾的結束了。這其間，李老師一逕催我寫個劇本給她瞧瞧，我只好寫一個。不料她竟頒了個「李聖質先生夫人紀念獎」給我。我那時已得過中山文藝的散文獎，並不想轉來碰戲劇。中山獎是五萬，李老師的那份只有五千——但這獎是李老師為了紀念父母而設的，算來，其間眞有錢以外的無限深意。

李老師可以說是循循善「誘」，頒了獎，她又拿錢出來鼓勵我演出。這以後，她一直不忘督促我繼續寫戲。那陣子我們年年推新戲，檔期訂在聖誕至新年的假期，算是跨年演出。其中比較出名的是民國六十一年演《武陵人》，民國六十三年演《和氏璧》，六十四年演《第三害》，六十五年演《嚴子與妻》。

其中最難捨難忘的是我沒有演出的那部，叫《自烹》，寫的是易牙烹子以獻齊桓公的那段歷史。不知為什麼，奔走在市政府教育局和警總之間就是拿不到演出證。這種事麻煩的是，你找不到關鍵，你也不知找誰吵架，你只能「聽說」。聽說似乎有人怕劇本有所影射，聽說似乎有人嫌劇本血腥——但天知道我一向反對舞臺劇太寫實，事實上，舞臺上連嬰兒都不會出現，何來血淋淋的殺嬰場面？

那年頭，其實也並沒有眞的什麼大不了的文化迫害，我認爲問題出在承辦人，他們缺少一個肯擔當的肩膀。其實，第一層的閻王可能只要你有六十分就放行。然而，命令下達到了大鬼手裡，爲了怕自己因寬鬆而惹禍上身，他私自定下七十分的標準。事情再轉到中鬼手裡，不得了，標準竟升到八十分了。接下去，小鬼級的便要求九十分。可是，不幸的升斗小民，如我，在辦這種事的時候碰來碰去，碰到的都是更小的「小小鬼」。俗話說：「閻王好見，小鬼難纏。」我多麼想抓個閻王來當面大吵一架，可是，問題是你根本找不到閻王在哪裡啊！

《自烹》終於不能演出，這其間我本來以爲一向愛護我的李老師會出面拍胸脯請警總或教育局放一馬，不料她反來勸我：

「你不懂，」她說，「別演了！否則對你不好。我這是爲你著想——以後你會懂。」

我想她是眞心想對我好，但她怕什麼呢？我卻是不怕的啊！

《自烹》在臺灣不能演出卻在香港演了。以後八〇年代又在上海演。

我的另一齣戲《和氏璧》一九八六年在北京演出，大約連演八十場（現在要創這種紀錄就難了，電視機多了，舞臺觀眾就少了）。一九九二年我赴西安要走一趟絲路，在咸陽機場一出門就衝上來一個高大的男子，死死抱緊我不放，並且衝動得哭起來。他就是梁國慶，在遙遠的北京演我的「卞和」令之復活的那人。

文學很奇怪，我寫《和氏璧》，想寫的是人類對於眞理的堅持，這戲搬到北京，卞和的受難竟也能勾出對岸的眼淚——雖然他們哭的是我作夢也沒想到的十年浩劫。

又例如我寫過一個獨幕劇叫《猩猩的故事》，其中有一段借「朝三暮四」的典故，原意是用來諷刺被廉價文明豢養著的人類。不知爲什麼，香港觀眾一看之下竟沒有一個不立刻聯想到「九七」，一時之間，劇場內笑淚交集。

寫戲的那幾年，掌聲不斷，謾罵亦四起，其中唐文標先生罵得最努力。我想他既然連我深敬的張愛玲也罵了，我挨罵也就不足惜了。唐氏後來死於鼻咽癌，快十年了。我多麼希望他長壽啊！他至少該活到一九八九年六月四日，那時候，他就會知道社會主義是不是像他夢寐以求的那麼可愛了。他就會回想一下，用社會主義的文學尺度去詆毀別人是不是公平的了。

說起挨罵，我倒也經驗豐富，那時代因爲冒出鄉土文學的論戰，有時不免到處看到耙光棍影。記得有天我在做事，小女兒蹲在我腳邊玩，大概因爲玩具不好玩，她竟玩起我的腳來，玩著玩著，她忽然柔聲說了一句：

「媽媽，我愛你的腳。」

我爲她這句話而大受感動，世界雖大，世人雖眾，但誰會來稀罕你的腳呢？我把這溫馨的感覺寫了篇五百字的短文，不料也會遭釘耙追打。當時有位潘榮禮先生大概認爲如此「閨秀派」實在是文章末流，於是爲文諷罵一番，說什麼「女作家的白嫩小腳等等」，我的腳並不細嫩

（就算細嫩也並不可恥），這樣的一雙腳去過斿依蘭難民營，走過遙長的泰北山路，也曾和醫學生一起去過四湖鄉、箔子寮那樣的地方，沒什麼好慚愧的。何況以五百字的短文來寫母女之情也要挨罵的話，未免太沒有世道了，但我沒有理他。

在殺伐之氣流行的時代，連不殺伐都得挨罵呢！

一九七九年，中美斷交，我和丈夫赴美去參加座談、去演講、去上電視，那時心情很單純，只希望多逮個機會說一聲「中華民國」，說一聲「臺灣」。那一年，例行的舞臺劇便沒有演出，那一停，就一直停下來了。何況，李老師去世了，沒有人會再來逼我了。

不演戲以後就來重操舊業寫散文，這才發現寫散文眞好，因爲寫完一篇散文就是寫完了。但寫完一本戲，一切才有待開始呢！

有一天，重讀《論語》，讀到孔子說：「吾無可無不可」非常喜歡，用今人的習慣，那話可以這樣說：

「我對事情的研判標準不是絕對的，我沒有『預設立場』，我不會絕對拒絕或絕對接納，一切要看當時的狀況而定。」

我因喜歡這句話，所以想出一個「可叵」的筆名來，「叵」是「不可」的意思，它的字形和「可」字相反，讀作「頗」（是「不可」兩字急速連續所發的音），我認爲「可叵」是個很好的寫雜文的名字。

我居然因爲找到個筆名而開起專欄來寫雜文了，後來還出了二本書。那陣子很快樂，因爲看別人猜不出這可叵是誰實在很得意。

有人問我爲何寫雜文，我想，那是因爲我有很多憤怒和無奈，不忍在醇美的散文裡寫出來。我想罵人的時刻，便是可叵。我想感激人世的時候，便是曉風。美文是「千秋事業」，雜文「只爭一朝一夕」。

民國六十四年五月，有位韓偉博士要求當晚前來拜訪我，晚上他果眞來了。坐定之後，他很誠懇的告訴我，他已見過行政院長經國先生，談了十五分鐘，經國先生已決定任他爲陽明醫學院院長。這所新的醫學院是公費制，企圖在資本主義邊緣找一條路，以七年公費待遇換學生畢業後下鄉服務。韓先生很願意支持這理想，他來找我是因打算聘我爲陽明的老師。但陽明是醫學院，我去了只有大一國文可教，我原來是執教於中文系的。而韓先生極誠懇，他保證班級會小，三十人一班，他說：

「如果你答應，你就是我聘到的第一位老師。」

我答應了他，我當然不是陽明最重要的老師，他所以第一個想到我，完全是因爲我身在國內，他要請的其他旅美學人一時還無法聯絡上。

韓院長辦學極拚，九年後死於腦瘤。

我原來覺得赴陽明教書，是爲一個學者的情義所動。而對我自己——一個「中文系人」

——的學術前途而言，則是一椿犧牲。其實也不盡然，以前我只須面對文學院的學生，討論一首詩一闋詞，心裡想的是詞牌，是平仄，是對仗。現在，面對文學院以外的人，我發現需要另一套對話的本領，另一番思考的方法，醫學院的人文教學也自有其迷人處。我後來為時報出版的中國經典叢書寫古典戲曲的部分，最近三年又為國立編譯館編寫小學、初中、高中的詩學教材，都是基於想帶文學走出文學院的心情。

民國六十年，出版界有一盛事，當時有位早慧詩人黃荷生，辦了一家巨人出版社，這家出版社發願要出一套《現代中國文學大系》，選的是一九五〇到一九七〇年的文章，我負責編散文部分。

參加編選的同仁似乎第一次好好盤點了自己這塊土地上的文學實力，知道我們其實擁有這麼多卓然成家的好手。此書於民國六十一年一月出版，後來在海外的中文教學上很有用，而且居然也沒賠本。

而我們這些編者，很幸運的，也都紛紛活著，活到民國七十七年，忽然有一天，九歌出版社的蔡文甫先生又邀我們開會，原來他為了要慶祝「五四」的七十周年，打算再編一套《中華現代文學大系》，時間是從一九七〇到一九八九年。

相較之下，上次編的只有八冊，每冊厚約一公分半，這次卻有十五冊，每冊厚約三公分。以前只包括詩、散文、小說，現在則增加了戲劇和文學批評。從前沒有付過轉載費（那年頭，不講什麼智慧財產權，講的是「歡迎翻印，以廣流傳」），現在則一一徵詢同意，十七年過去，我們有理由更滿意今天的成績。

忽然發現一項眞理，講「不朽」，是聖人的事。至於我們這些必朽之輩的「人生第一要務」，就是要「好好活著」。譬如那朱橋（忘了，他死於民國五十八年吧？），今天提起他的名字，知道的人又有幾個呢？他三番兩次去自殺，終於成功，他要是不死，就會發現自己在文化和婚姻市場上都忽然成了搶手貨。他是和瘂弦梅新都可以平起平坐的人物。唉，他其實只須再熬幾年，就可以看到「形勢一片大好」——就算「形勢一片大壞」，我也須活著才能看得見管得著啊！

我因活著，可以又來編一次規模更正式的文學大系，算來眞是無限欣慰。

女兒系上公演，我去看，女主角在臺上巧笑倩兮，啊，她不就是我那位才子型好友的生死難捨的戀人嗎？她的人和她的戲都和二十年前一樣俏美。啊——不對，不對，那美麗的女子早已另嫁，這一位，是她的姪女。

前不久，陪女兒去考研究所，她考上了，那正是她父親當年讀研究所的學校。我想，凡我凡夫俗子，除了以「活著」爲第一要務外，第二要務就該是結婚生小孩了。人生彷彿因而從「直線單行道」變成了「周而復始的圓形跑道」。在我們和「永恆」角力，注定要輸的戰局裡，一旦有了第二代，便立刻有了「屢敗屢戰」的新籌碼，就可以跟對手再歪打胡纏一陣，說不定也能贏回一局半局亦未可知。

——原載一九九三年七月二十四日《中國時報》人間副刊・選自九歌版《我知道你是誰》

我的幽光實驗

閏三月，令人猶豫。戀舊的人叫它暮春，務實的人叫它初夏——我卻趦趦趄趄，認爲是春夏之交。

這一天，下午五點，我回到家。時令姑且算它是春夏之交，五點鐘，薄暮畢竟仍悄悄掩至了。這一天，丈夫和女兒剛好都有事不回家吃晚飯。我開了門，一個人站在門前，啊！我等這一天好久了，趁他們不在，我打算來做我的「幽光實驗」。

想做這個實驗想了好一陣子，說起來，也不過發自一點小小的悲願，事情是這樣的：我反核，可是，我卻用電。我反對我們的核能廢料運到雅美人的碧波家園去掩埋，然而，我卻每個月出錢給電力公司以間接支持他們的罪行，我爲自己的僞善而負疚。不得已，只好以少用電來消孽。

因此，在生活裡，我慎重地拒絕了冷氣。執教於國立學院，學校的預算比捉襟見肘的私立大學是闊多了，連工友室也裝冷氣，全校不裝冷氣的大概只剩我一個了。每次別人驚訝問起的時候，我一概以「我不怕熱」擋過去。後來，某次聊天，發現立委林正杰也不用冷氣，不禁歎爲知己。臺北市的盛夏，用自己一身汗水去抗拒苦熱，幾乎接近悲壯。這其間，也無非想換個心安。「又反核四廠，又裝冷氣機」，對我而言，簡直是基本上的文法不通，根本是說不出口的一句話。

除了冷氣機不用之外，還能不能找個法子省更多的電呢？我問自己。

有的，我想，如果每一天晚一點才開燈的話。

聽母親說，外婆和曾外婆，她們雖然家境富裕，卻都是在黃昏時摸黑做針線的。「她們的眼睛眞好哩！摸黑縫出來的也是一手好針線呢！她們摸黑還能穿針，一穿就進。」

我遙想那屬於她們的年代，覺得一針一線都如此歷歷分明。人類過其晨興夜寐的歲月總也上萬年了，電燈卻是近百年來才有的事。油燈、蠟燭在當年恐怕都是能省則省的奢侈品。既然從太古到百年前，人類都可以生活得好好的，可見「電力」是個「沒有也罷」的東西。

上帝造人，本是一件簡單的生物：早晨起床，工作，晚上睡覺，睡覺前的時間可以摸黑做一些半要緊半不要緊的事，例如洗澡、看書、講故事、作詩。

反正上帝祂老人家該負全責的，白晝是祂安排的，黑夜是祂規劃的。那麼，在晝夜之間的夕暮，也該歸祂管才對。根據這樣的邏輯演繹下來，人類的眼睛當然理該可以適應這時刻的光線。

但不知從什麼時候開始，人類變得像一個神經質的小孩，不能忍受一點點幽暗。一個都市人，如果清晨五點醒來，連想都不用想，他的第一個本能大概就是急急按下電燈開關，讓屋子大放光明。他已經完全不能了解，一個人其實也可以靜靜地坐在黎明前的幽光裡體會時間進行的感覺。那時刻，宇宙間恍如有一把巨大的天平，我在天平此端，幽光，在彼端。我與幽光對坐，並且感知那種神祕無邊的力量。

方其時，人，彷彿置身密林，彷彿沉浮於深澤大沼，彷彿穴居野處的上古，彷彿胎兒猶在母體，又彷彿易經乾卦裡的那隻「潛龍」正沉潛某處，尚未用世。方其時，「天地玄黃，宇宙洪荒」——這是〈千字文〉的句子，古代小孩啓蒙時要念的第一篇，是幼童蒙昧的聲音在念宇宙蒙昧期的畫面——一切還停頓在《聖經・創世記》的首章首句：

「未始之始，未初之初……，地則空虛渾沌，淵面黑暗……。」

坐在這樣黎明前的幽光裡，何須什麼菲力浦牌或旭光牌的電燈來打擾。此時此刻，那曾經身處幽潛的地球和曾經結胎於幽潛子宮中的我，一起回到曖曖幽光中，一起重溫我們的上古史。當此之際，我與大化之間，心會神通，了無窒礙。此刻，燈光，除了是罪惡，還會是什麼呢？

黃昏，是另一段幽光時分。現代人對付黃昏的好辦法無他，也是立刻開燈。不錯，立刻開燈的結果是立刻光明，但我們也立刻失去自己和天象之間安詳徐舒的調適關係。

現代的人類如此驕縱自己，夏天不容自己受熱，冬天不容自己受冷，黃昏後又不容自己稍稍受一點黑。

然而，此刻是下午五時，我要來做個實驗。今晚，我來試試不開燈，讓我來驗證「黃昏美學」，讓我體會一下祖母時代的生活步調，我就不信那樣的日子是不能過的。

記得十多年前，有一次為了報導蘭嶼的蘭恩幼稚園，帶著個攝影家去那裡住過一陣子。簡單的島，簡單的海，簡單的日出日落。沒有電，日子照過。黎明四、五點，昊昊天光就來喊你，嗓音亮烈，由不得你不起床。黑夜，全島漆黑，唯星星如鑿在天壁上的小孔，透下神界的光芒。

在島上，黃昏沒有人掌燈。

及夜，教堂的幼稚園裡有一盞氣燈，遠近的孩子把這裡當閱覽室，在燈下做功課。

而此刻，在臺北，我打算做一次小小的叛逆，告別一下電燈文明。

天不算太黑，也許我該去煮飯，但此刻拿來煮飯太可惜，走廊上光線還亮，先看點書吧。小字看來傷眼，找本線裝的來看好了。那些字個個長得大手大腳的，像莊稼漢，很老實可信賴的樣子。而且，我也跟他們熟了，一望便知，不須細辨。在北廊，當著一棵栗子樹，兩缽鳥巢蕨和五籃翠玲瓏，我讀起陶詩來——「……斯晨斯夕，言息其廬，花藥分列，林竹翳如。清琴橫床，濁酒半壺，黃唐莫逮，慨獨在予。」

哇！不得了，人大概不可有預設立場，一有立場，讀什麼都好像來呼應我一般。原來這陶淵明也注意到「林竹翳如」之美了，要是碰到今人拍外景，就算拍竹林，大概也要打上強光，才肯開鏡吧？

沒讀幾首詩，天色更「翳如」了，不開燈，才能細細感覺出天體運行的韻律，才能揣摩所謂「寸陰」是怎麼分分寸寸在挪移在推演的。

一日的時光其實是一段完美具足的生命，每一剎那都自有其美麗。然而，強燈奪走了暮色，那沉潛安靜的時分，那鳥歸巢獸返穴的莊嚴行列，在今天這個時代，全都遭人註銷，化爲明燦的森嚴的厲光。

只因我們不肯看暮色嗎？

天更暗，書已看不下去，便去爲植物澆水。

我因剛讀了幾行詩，便對走廊上的眾綠族說：「唉，你們也請喝點水，我們各取所需吧！」

接下來，我去煮餃子。廚房靠南側，光線很好，六點了，不開燈還不成問題，何況有瓦斯爐的藍焰。餃子煮好，澆好作料，仍然端到前面北廊去吃。天愈來愈暗，但吃起餃子來也沒什麼不便。反正一個個夾起塞進嘴巴，也不須仔細的視覺。我想從前古人狩獵歸來，守著一堆火，把兔肉烤好，當時洞穴裡不管多黑，單憑嗅覺，任何人都能把兔子腿正確地放進嘴裡去的。今人食牛排仍喜歡守著燭光，想來也是借一點懷古的心情。

餃子吃罷，又剝了一個葡萄柚來吃，很好，一點困難也沒有。我想，人類跟食物的關係是太密切了，密切到不需借助什麼視覺了。

飯後原可去放點錄音帶來聽，但開錄音機又要用電，我想想，不如自己來彈鋼琴，反正家裡沒人，而我對自己一向又採高度容忍政策。

鋼琴彈得不好，但不須看譜。暮靄雖沉沉，白鍵卻井然，如南方夏夜的一樹玉蘭，一瓣瓣馥白都是待啓的夢。

琴雖彈得爛，但鍵音本身至少是琤琮可聽的。

起來，在客廳裡做兩下運動，沒有師承，沒有章法，自己胡亂伸伸腿，扭扭腰，黑暗中對自身和自身的律動反覺踏實眞切，於是對物也覺有親了。樓下傳來花香，我知道是那株兩人高的萬年青開了花（我住四樓，這棵樹屬一樓）。花不好看，但香起來一條巷子都爲之驚動，只有熱帶植物才會香得如此離譜。嗅覺自有另一個世界，跟眼睛的世界完全不同，此刻我眞願自己是一隻小蟲，憑著無誤的嗅覺，投奔那香味華麗的暗夜之花。

我的手臂划過深深的幽玄之色，如同泅者，泅過黑水溝，那深暗的洋流。我彎下腰去，用手指觸摸腳尖，宇宙漠然，天地無情，唯我的腳趾尖感知手指尖的一觸。不需華燈，不需明目，我感受到全人類的智慧也不能代替我去感知的簡單觸覺。

聞著樓下的花，我忽然想起自己手種的那幾叢茉莉花來，於是爬上頂樓，昏暗中聞兩下也就可以「聞香辨位」了，何況白色十分奇特，幾乎帶點螢光。暗夜中，彷彿有把尖銳的小鏇刀，一鏇便鑿出一個白色的小坑。那鑿坑的位置便是小白花從黑夜收回的失土，那小坑竟終能保持它自己的白。

原來每朵小白花都是白晝的遺民，堅持著前朝的顏色。

我把那些小花摘來放在我的案頭，它們於是就一逕香在那裡。

我原以爲天色會愈來愈暗，豈料不然。樓下即有路燈，我無須鑿壁而清光自來。但行路卻須稍稍當心，如果做「幽光實驗」，弄得磕磕碰碰的，豈不功虧一簣？好在是自己的家，什麼地方有什麼東西，大致心裡是知道的。

決定去洗澡，在幽暗中洗澡自可不關窗，不閉戶，涼風穿牖，蓮蓬頭裡湧出細密的水絲。國語叫「蓮蓬頭」，粵語叫「花灑」，兩個詞眼都用得好。在香港沖涼（大概由於地處熱帶，廣東人只會說「沖涼」，他們甚至可以說出「你去放熱水好讓我沖涼」的怪話來），我會自覺是一株給「花灑」澆透了的花。在臺灣沐浴，我覺得自己是瑤池仙童，手握一柄神奇的「蓮蓬」。

不知別人覺得人生最舒爽的剎那是什麼時候，對我而言，是浴罷。沐浴近乎宗教，令人感覺尊重而自在。孔子請弟子各言其志，那叫點的學生竟說出「浴乎沂，風乎舞雩」的句子。耶穌受洗約旦河，待他自河中走上河岸，天地爲之動容。經典上記錄那一剎那謂「當時聖靈降其身，彷若鴿子」。回教徒對沐浴，更視爲無上聖事。印度教徒就更不必提了。

而我只是凡世一女子，浴罷靜坐室中，雖非宗教教主，亦自雍容。把近日偶爾看到想起之事，一一重咀再嚼一遍。譬如說，因爲答應國立編譯館要爲他們編高中的詩選，選了一首王國維的〈浣溪紗〉，把那三句「試上高峰窺皓月，偶開天眼覷紅塵，可憐身是眼中人」細細揣想，不禁要流淚。想大觀園裡的黛玉，因一句「如花美眷，似水流年」便痛徹心肺。人世間事大抵如此；人和人可以同處一室而水火不容，卻又偶爾能與千年百年前的人相契於心，甚至將那人深貯在內心的淚泉從自己的目眶中流了出來。

黑暗中，我枯坐，靜靜地想著那謎一般的王國維，他爲什麼要投昆明湖呢？今年二月，我去昆明湖，湖極大，結了冰，彷彿冰原。有人推著小雪橇載人在冰上跑。冰上尖風如刀，我望著厚實的大湖，一逕想：「他爲什麼要去死呢？他爲什麼要去死呢？人要有多大的勇氣才會去死呢？」

恍惚之間，也彷聞王國維訥訥自語：「他們爲什麼要活著呢？他們得要有多大的耐心才能活下去呢？——在這庸俗崩解的時代。」

而思索是不需燈光的，我在幽光中坐著，像古代女子梳她們及地的烏絲，我梳理我內心的喜悅和惻痛。

我去泡茶，兩邊瓦斯口如同萬年前的兩堆篝火，一邊供我烤焙茶葉，一邊燒水。水開了，茶葉也焙香了。泡茶這事做起來稍微困難一點，因爲要沖水入壺。好在我的茶壺不算太小，腹部的直徑有十五公分，我慣於用七分烏龍加三分水仙，連泡五泡，把茶湯集中到另外一隻壺裡，拿到客廳慢慢啜飲。

我喝的茶大多便宜，但身爲茶葉該有的清香還是有的，喝茶令人頓覺幸福，覺得上接五千年來的品味（穿絲的時候也是，絲織品觸擦皮膚的時候令人意會到一種受驕縱的感覺，似乎嫘祖仍站在桑樹下，用慈愛鼓勵的眼神要我們把絲衣穿上），茶怎能如此好喝？它怎能在柔粹中亮烈，且能在枯寂處甘潤，它像撒豆成兵的魔法，它在五分鐘之內便可令一山茶樹復活，茶香洌處，依然雲繚霧繞，觸目生翠。

有人喝茶時會閉目凝神，以便從茶葉的色相中逃離，好專心一意品嘗那一點遠馨。今晚，我因獨坐幽冥，不用閉目而心神自然凝注，茶香也就如久經禁錮的精靈，忽然在魔法乍解之際，紛紛逸出。

電話鈴響了，我去接。

曾有一位日本婦人告訴我，在日本，形容女人間閑話家常爲「在井旁，邊洗衣服邊談的話」，我覺得那句話講得眞好。

我和我的女伴沒有井，我們在電話線上相逢，電話就算我們的井欄吧。她常用一隻手爲兒子摩背，另一隻手拿著電話和我聊到深夜。

我坐在十五年前買的一把手編本土藤椅裡，椅子有個名字叫「虎耳椅」，有著非常舒服的弧度，可惜這椅子現在已經買不到了。

適應黑暗以後，眼睛可以看到櫸木地板上閃著柔和的反光。我和我的女伴有一搭沒一搭地聊著，我爲什麼要開燈呢？完全沒有這個必要啊！摸黑說話別有一種祥謐的安全感。祈禱者每每喜歡閉目，接吻的人亦然，不用燈不用光的世界自有它無可代替的深沉和絕美。我想聊天最好的境界應該是：星空下，兩個垂釣的人彼此坐得不遠不近，想起來，就說一句，不說的時候，其實也在說，而橫亙在他們之間的，是溫柔無邊的黑暗。

丈夫忽然開門歸來：「哎呀！你怎麼不開燈？」

「啪」的一聲，他開了燈，時間是九點半。我自覺像一尾魚，在山岩洞穴的無光處生存了四個半小時（據說那種魚爲了調適自己配合環境，全身近乎透明）。我很快樂，我的「幽光實驗」進行順利，黑暗原來是如此柔和潤澤而豐沛磅礴的。我想我該把整個生活的調子再想一想，再調一調。也許，我雖然多年身陷都市的戰壕，卻仍能找回歸路的。

後記：整個「幽光實驗」其實都進行順利，只是第二天清晨上陽臺，一看，發現茉莉花還是漏摘了三朵，那三朵躲在葉子背後，算是我輸給夜色的三枚棋子。

——原載一九九三年八月六日《聯合報》副刊・選自九歌版《我知道你是誰》

顧二娘和歐基芙

「這塊硯臺和別的硯臺不同，」故宮博物院的導覽小姐停下來，讓我們看看燈光下那幽玄生輝的石頭。

「這硯臺，製作的人叫顧二娘，女人做硯臺，很少見的。」

我們都駐足省視那硯臺，經她一說，果真看來有點女性趣味，想起吳文英的詞：「有當時，纖手凝香」，這硯臺，也恍惚仍凝聚著三百年前那女子的芬芳手澤。

然而，它又簡樸清雅而不見繁縟，石材也選得好，沉黑柔膩。論其色，不像礦物，而像最最深情的眉睫的顏色。

我對古玩不內行，以前也沒想過「硯臺皆係男人手製」的事。聽解說小姐之言才猛然驚醒，原來「琢硯」的精工，本是男人專利——一切技藝性的傳承本不包括女子。

但這顧二娘怎麼會有這手手藝的呢？

「她丈夫早死，沒孩子，姪子又小，只好她接手來做。」對，因爲接手，所以有了手藝。

顧二娘的姪子後來長大了，技藝已成，便入了宮，奇怪的是顧家有幾代琢硯高手，但留名硯史的反而是這位媳婦。大概高手必須入宮，入宮以後，就失去了草莽性格，處處要揣摩王侯的品味，反而綁手綁腳，不及這顧二娘，於優閒自在中，深得石趣。

令人低徊的是「她丈夫死了」那句話，讓我猛然想起前些年謝世的美國女畫家歐基芙(Georgia O'Keeffe)，她早年跟著攝影家丈夫住紐約，後來，丈夫死了，她搬到新墨西哥州的聖塔菲古城。面對西南部的漠漠砂磧，她重新定位屬於美國本土的風景，一直畫到九十九歲才死，生命力眞是旺盛驚人。

顧二娘和歐基芙用傳統社會眼光去看都是「苦命女子」。但事實卻不然，她們的生命遭此一劫反而一空依傍而獨立自主起來。

顧二娘是出生於十七世紀末的人，歐基芙則出生於十九世紀末，顧二娘一生雕琢硯臺，歐基芙則跑去畫荒原上鮮花和枯骨交錯的生生死死。她們原來都可能窮愁一世，但她們卻都活得光鮮耀目，熠熠逼人。

我再三看櫥櫃中那精緻的硯臺，沉實細膩，閱過三百年間的興亡，而依然安嫻貞定，不禁爲那一小方的美麗而目馳神授。原來巴掌大的一凹石硯裡亦自有它自家的宇宙大化，風雷沼澤，亦自有其春柳舒碧，蒹葭含霜。啊！這令人思之不盡的顧二娘。

——原載一九九三年十二月二十八日《聯合報》副刊・選自九歌版《我知道你是誰》

噓！我們才不要去管它什麼畢業不畢業的鬼話

今年，我的女兒大學畢業，就某種錯覺而言，我會覺得今年畢業的，都是我的小孩。那麼，我親愛的小孩，我來和你說段故事吧：

十七歲那年的某個夏夜，我因參加一項考試而投宿在一間簡陋的客棧裡。半夜，同學睡了，我還在讀書。忽然，我覺得房間裡有些異樣，但並不可怕，抬頭一看，原來有一根瓜藤，正在窗格間游走——我的天，它通體晶瑩剔透，像一條活生生的青蛇，正昂首吐芯，探索而前。它的柔鬚纖弱如絲，卻又強悍如鋼，我看獃了。也不知是不是由於某種錯覺，我竟聽見它卜卜的腳步聲。

瓜藤會生長，我當然是明白的，但一向都只是個概念性的知識。這一次不同，我竟眼睜睜看見它一寸寸把自己拉長，拉遠，並且因而擴張了自己的疆界。原來植物有的時候簡直也可以是動物的。許多年過去了，我一直不能忘記那瓜藤在黑夜中探索而前時令人心悸的顫動，對我而言，那幅畫面大可題名爲「青春」。

是的，青春，渴於探索叩路的青春。渴於求知，渴於了解，渴於愛和被愛，渴於出發，一再出發。

「畢業」？我不知道什麼叫「畢業」，我知道的是另一種東西，名叫「探索」。噓，我告訴你一項祕密，我們才不要去管它什麼畢業不畢業的鬼話，我們來關心自己的探索生涯吧！

像一根夏季的瓜藤，在深夜時分喜孜孜的游走探路，每個時辰，它都在長成壯大，每一分鐘，它都不同於前一分鐘的自己，每一秒鐘，它都更旺更綠。

如果你決定要做個畢業生，那隨你，至於我，我仍然決定要做那根興匆匆的往前猛生猛竄的蔓藤。

——選自九歌版《我知道你是誰》（一九九四年）

「浮生若夢啊！」他說

那一年，他是文學院長，我是中文系裡的小助教。

但校車上會相逢，有時候也同座。他總是妙語如珠。他瘦小清癯，表情不多，講起笑話來，冷冷一張臉，卻引得全車笑翻：

「從前，在英國有一個人，患了失眠，就去看醫生，」他的措辭簡單、老實，我以為是真人真事，「醫生就給了他藥，他回去一吃，病就好了，睡得很沉，睡著了，還夢見自己到了太平洋上的一個小島，美女如雲，列隊歡迎他。他的朋友剛好也患失眠，聽到有這種好事，趕快也去看醫生，也拿了藥，回家也照樣吃了。於是呢，果真也睡著了。而且，說巧不巧的，也夢到太平洋上一個小島，但不幸的是，他一靠岸，就有土人來追殺他，害得他跑得氣都透不過來……，他很生氣，跑去質問醫生，醫生說：『哎呀，當然不同囉，你的朋友是私人付費，你呢？是公保支付。』」

講完笑話，雲淡風輕，他又去搗弄他的煙斗，也不管一車人笑得前仰後合，他已完全的事不干己了。

他其實是政治系的教授，也不知為什麼，做了文學院院長，有一天，又閒聊，他忽然說：

「你覺得文學有用嗎？」

這話對大學中文系剛畢業的我而言，簡直是褻瀆。文學，是不容懷疑的！

「譬如，舉個例子，」他慢條斯理的說起來，「我從前小時候聽人說『浮生若夢』，怎麼說，我都不懂，人生怎麼會像夢呢？現在，到了我這個年歲，懂了。懂了的時候，又覺得不用你來說。所以說，既然不懂的時候，說了也不懂，懂的時候，完全不用你來說——那麼，文學又有什麼用呢？」

本來準備要辯論的話說不出來了，反而牢牢的記下他舉的例子。我自己仍然信仰文學，但他的話陷我於反覆思索，至今仍不時困擾我。我也記得他的臉，像春天早晨煙嵐散去後的晴山，淡淡的，彷彿什麼事都沒有發生過，可是，分明那話裡有多少驚動生命之痛的大悲情在攪和啊！

最後一次去看他是探病，他已中風，坐在一張大椅子上，不能說話。冬天的暖陽穿窗而入，照在他淺灰色的長袍上，他嘴角的口水沿著前襟流下（當年出產幽默風趣的嘴角啊）！一直流、一直流，一隻貓在他身上跳來跳去，他的目光呆滯，凝望著不知什麼地方的地方。

「浮生如夢」？文學究竟能做些什麼？我想再跟他討論，但他已彷彿是被另一個主人買去的家奴。他曾經屬於學術，學術是一個寬厚博大的主人，容得你古今上下去自縱自如。但他的新主人極其殘酷，鞭笞他如鞭白癡，不久，他謝世。

他的臉，淡淡的，似喜非喜，似悲無悲。生平總是，丟下一句笑話，自己不笑，就游離開了。或者，丟下一句悲傷的話做開頭，自己也不續下去，竟躲起來了。

「浮生如夢」啊？浮生是什麼？夢是什麼？我不知道，我只記得他的臉，淡然無事的臉。

——原載一九九五年九月二十五日《中國時報》人間副刊・選自九歌版《這杯咖啡的溫度剛好》

六橋

——蘇東坡寫得最長最美的一句詩

這天清晨，我推窗望去，嚮往已久的蘇隄和六橋，與我遙遙相對。我穆然靜坐，不敢喧嘩，心中慢慢地把人類和水的因緣回想一遍：

大地，一定曾經是一項奇蹟，因爲它是大海裡面浮凸出來的一塊乾地。如果沒有這塊乾地，對沙魚當然沒有影響，海豚，大概也不表反對，可是我們人類就完了，我們總不能一直游泳而不上岸吧！

岸，對我們是重要的，我們需要一個岸，而且，甚至還希望這個岸就在我們一回頭就可以踏上去的地方（所謂「回頭是岸」嘛！）我們是陸地生物，這一點，好像已經注定了。

但上了岸，踏上了大地，人類必然又會有新的不滿足。大地很深厚沉穩，而且像海洋一樣豐富。她供應的物質源源不絕。你可以欣賞她的春華秋實，她的橫嶺側峰，但人類不可能忘情於水，從胎兒時代就四面包圍著我們的水。水，一旦離開我們而去，日子就會變得很陌生很乾癟。

而古代中國是一個內陸國家，要想看到海，對大多數的人而言，並不容易。中國人主動去親近的水是河水、江水、湖水。尤其是湖，它差不多是小規模的海洋。中國人動不動就把湖叫成海，像洱海、青海。猶太人也如此，他們的加利利海分明只是湖。

有了湖，極好——但人類還是不滿足。人類是矛盾的，他本來只需要大水中有一塊可以落腳的陸地，等有了陸地他又希望陸地中有一塊小水名叫湖。有了這塊小湖水，他更希望有一塊小陸地，悄悄插入湖中，可以容他走進那片小水域裡——那是什麼？那是隄。

如果要給「隄」設一個謎語供小孩猜，那便該是：

水中有土、土中有水、水中又有土

蘇隄、白隄便是經兩位大詩人督修而成的「詩意工程」。詩人，本是負責刺探人類心靈活動的情報員，他知道人類內心的隱情密意。他知道人類既需要大地的豐饒穩定，也需要海洋的激情浪漫。於是白居易挖了湖了又築了隄（農人因而得灌溉之利，常人卻收取柳雨荷風），後來蘇東坡又補一隄。有名的白隄、蘇隄就是指這兩條帶狀的大地。

更有意思的是，有了長隄之後，有人更希望這塊小土地上仍能有點水意。於是，蘇隄中間設了六道橋，這六道橋的名字分別是映波、鎖瀾、望山、壓隄、東浦、跨虹。橋有點拱背，中間一個圓洞，船隻因而可以穿隄而過。如果再爲「六橋」設一道謎題，那也容易，不妨寫成下面這種笨笨的句子：

水中有土、土中有水、水中又有土、土中又有水。

這天早晨，我呆呆地望著這全長二點八公里的蘇隄。由於擁有六座橋，剛好把蘇隄分成七個段落，算來恰如一句七言。啊！那一定是蘇東坡寫得最長最大的一句七言了，最有氣魄而且最美麗。

蘇隄因爲是無中生有的一塊新地（浚湖而得的最高貴華艷的廢土），所以不作經濟利益的打算，只用來種桃花和楊柳。明代袁宏道形容此地，說：「六橋楊柳一絡，牽風引浪，蕭疏可愛」，蘇軾的詩也說：「六橋橫絕天漢上」。如果你隨便抓一個中國人來，叫他形容天堂，大概他講來講去也跳不出「六橋煙柳」或「蘇隄春曉」的景致。六橋，大概已是中國人夢境的總依歸了。

我自己最喜歡的和六橋有關的句子出自元人散曲：

貴何如，賤何如？六橋都是經行處。

——劉 致

對呀，在春暖花開的時候，難不成因爲他是×主席或×部長，就可以用八隻眼睛來看波光瀲灩嗎？不，在面對桃紅柳綠的時刻，我們都只能虔誠的用兩腿走過風景，用兩眼膜拜，用一顆心來貯存，如此而已。

絕美的六橋，是大家都可以平等經行的，恰如神聖的智慧，無人不可收錄在心。眼望著蘇東坡生平所寫下的最長最美的一句詩，我心裡的喜悅平靜也無限華美悠長。

——原載一九九五年十一月六日《中國時報》人間副刊・選自九歌版《這杯咖啡的溫度剛好》

東鄰的竹和西鄰的壁

午夜，我去後廊收衣。

如同農人收他的稻子，如同漁人收他的網，我收衣服的時候，也是喜悅的，衣服溢出日曬後乾爽的清香，使我覺得，明天，或後天，會有一個爽淨的我，被塡入這些爽淨的衣衫中。

忽然，我看到西鄰高約十五公尺的整面牆壁上有一幅畫。不，不是畫，是一幅投影。我不禁咋舌，眞是一幅大立軸啊！

大畫，我是看過的，大千先生畫荷，用全開的大紙並排連作，恍如一片雲夢大澤。我也曾在美國德州，看過一幅號稱世界最大的畫。看的時候不免好笑，論畫，怎能以大小誇口？德州人也許有點奇怪的文化自卑感，所以動不動就要強調自己的大。那幅畫自成一間收藏館，進去看的人買了票，坐下，像看電影一樣，等著解說員來把大畫一處處打上照燈，慢慢講給你聽。

西方繪畫一般言之多半作扁形分割，中國古人因爲席地而坐，所以有一整面的牆去掛畫，因而可以掛長長的立軸。我看的德州那幅大畫便是扁形的，但此刻，投射在我西鄰牆上的畫卻是一幅立軸，高達十五公尺的立軸。

我四下望了望，明白這幅投影畫是怎麼造成的了。原來我的東鄰最近大興土木，爲自己在後院造了一片景致。他鋪了一片白色鵝卵石，種上一排翠竹，晚上，還開了強光投射燈，經燈一照，那些翠竹便把自己「影印」到那面大牆上。

我爲這意外的美麗畫面而驚喜呆立，手裡還抱著由於白晝的恩賜而曬乾的衣服，眼中卻望著深夜燈光所幻化的奇景。

這東鄰其實和我隔著一條巷子，我們彼此並不貼鄰，只是他們那棟樓的後院接著我們這棟的後院。三個月前他家開始施工，工程的聲音成天如雷貫耳，住這種公寓房子眞是「休戚與共」，電鋸電鑽的聲音竟像牙醫在我牙床上動工，想不頭痛也難。三個月過去，我這做鄰居的倒也得到一分意外的獎品，就是有了一排翠生生的綠竹可以看。白天看不算，晚上還開了燈供你看，我想，這大概算是我忍受噪音的補償吧？

我絕少午夜收衣服，所以從來沒有看到這種娟娟竹影投向大壁的景致，今晚得見，也算奇緣一場。

古代有一女子，曾在夜晚描畫窗紙上的竹影，我想那該算是寫實主義的筆法。我看到的這一幅卻不同，這一幅是把三公尺高的竹子，借著斜照的燈光擴大到十五公尺，充滿浪漫主義的荒渺誇大的美感。

此刻，頭上是台北上空有限的沒有被光害完全掐死的星光，身旁又有奇誕如神話的竹影，我忽然充滿感謝。想我半生的好事好像都是如此發生的：東鄰種了一叢竹，西鄰造了一堵壁，我卻是站在中間的運氣特別好的那一位，我看見了東園修竹投向西家壁面的奇景。

對，所有的好事全都如此發生，例如有人寫了《紅樓夢》，有人印了《紅樓夢》，有人研究了紅學，而我站在中間，左顧右盼，大快之餘不免叫人來一起來瞧瞧，就這樣，竟可以被叫做教授。又例如人家上帝造了好山好水，工人又鋪了好橋好路，我來到這大塊文章之前，喟然一嘆，竟因而被人稱爲作家……。

東鄰種竹，但他看到的是落地窗外的竹，而未必見竹影。西鄰有壁，但他們生活在壁內，當然也見不到壁上竹影。我既無竹也無壁，卻是奇景的目擊者和見證人。

是啊，我想，世上所有的好事都是如此發生的……。

——原載一九九五年十二月四日《中國時報》人間副刊，選自九歌版《這杯咖啡的溫度剛好》

常玉，和他的小土缽

去年秋天，去看常玉的畫，地點在歷史博物館。看常玉，而在史博館，我覺得是完全正確的事。好的畫當然送到全世界任何美術館去展都毫無愧色，但水仙養在素瓷水盂裡，襯以半白半透明的花蓮水晶石，卻當然是最美麗的。

常玉的畫因為有一段故事，所以在歷史博物館裡掛起來便顯得特別登對，特別「非伊莫屬」。

那故事是這樣的：常玉當年在巴黎，那是五〇年代的事了。當時的教育部長是黃季陸先生，黃很愛才，特別邀請常玉回國展畫，常玉也答應了。大批畫作於是便運到史博館，機票錢當然儘快寄去。不料畫家拿了錢，玩興大發，忽然想到，埃及的陽光和金字塔應該更有趣一點。於是便從巴黎直奔埃及去玩了。等他玩回來，也不知拿什麼錢來台灣，他不來，史博館就等著，等著等著，畫家竟死了。

史博館得到大師的死訊，眞是悲喜交集。悲的是大師已杳，喜的是大師無後，這些畫肥水不落外人田，無意中落葉歸根，全歸了史博館永久代爲保管。冥冥中大師是否已經預知，他把原來預定現身在開幕酒會上的那個常玉送到埃及人面獅身巨像面前去了，在那巨大的美面前，生命已無憾，至於他留下的紕漏，他已用自己一生的畫作來補過了。

那些畫，往往因爲一時手頭沒錢（如果有錢，幹麼不喝酒呢？），便去找一幅門板木片來畫。於是這世上便有了一批奇怪的「木板油畫」。木板和油彩的關係有時不好，便會剝落一角，非常駭人。至美和至醜竟會在同一張畫板上出現，那裡面不免有些警世的意味。

史博館的展覽場有圈外廊，看累了可以出去看看荷花池，秋天沒有荷花，只幾莖殘葉，但也夠令人騁目的了。

那外廊還有個好處，如果你看畫看到要流淚的程度，趕快奔出去倒是一處不錯的淚亭——而看常玉的畫是往往令人要墮淚的。

曾有一段時期，西洋畫家好像總要畫一畫瓶花，其中也包括梵谷那幅向日葵。西方畫家畫起花來淋漓飽滿，令看畫的人兩隻眼睛看到來不及的程度，眞是繁花如錦，逼人癡醉。

常玉也畫花，奇怪的是洋人畫的是「切花」，常玉的花卻種在小小的長方形土缽裡。那缽，照我看分明也是常玉老家四川某窯的出品。常玉畫花爲什麼非要附贈一小缽淺土不可呢？我想那就是他的堅持吧？客居歲月，在巴黎，在西方之美的霸權中心，他抵抗著，他畫的小花樹搞不好就是他自己吧？他心中必然也貯存了一小把泥土供自己活命用吧？

離奇的是那麼小的缽那麼淺的土，不但長出了一棵樹，居然還開了一批小花，展了幾片葉芽，甚至還停駐了一隻小鳥，小鳥甚至還唱著歌。

我總覺得那花鳥那小樹那土缽背後有一句等待解讀的話——然而，不要，不要說破，史博館有一面美麗的廊，且讓我到那廊上去站一站吧！

——原載一九九六年二月十九日《中國時報》人間副刊・選自九歌版《這杯咖啡的溫度剛好》

大師・樹林・鳥蛋

長夏，薰風南來的長夏。一夢悠悠的，長夏。

我們在美國旅行，一路看些校園建築，這一天，來到普林斯頓。

我對普林斯頓沒有反應，我只知道愛因斯坦，彷彿那古樹，那教堂，那圖書館，那美麗的噴水池全都不算數似的。

「啊，想想，從前，這裡有一位大師耶！」

「啊，對了，」朋友看我發了癡，立刻附和，「這樣吧，我帶你去看愛因斯坦散步的樹林。」

丟下我們一家，朋友暫時走了。於是我們小小心心一步一履的來走這條愛因斯坦小徑。

不是古木參天，遮天蔽日的那種森林，卻也不乏佳木秀樹，令人流連顧步。想想，「黑森林」是有點可怕的，那麼黑壓壓的，彷彿裡面天經地義就該窩著一夥盜匪。而這種敞亮的樹林卻令人安心，天光雲影徘徊在上，小松鼠逡巡在下，而老樹又不時提供一些不按牌理出牌的古怪造型，令人瞠目半天，不知所解。

啊，原來要養一個愛因斯坦，所需要的不僅是什麼國科會的研究津貼，而是一整片森林。

我繼續往前走，雖沒有什麼高山谿谷之勝，卻也沒有任何一步的景觀是不變化的。

走著走著，忽然眼前一亮，小徑上出現一片粉粉藍藍的小東西，只有指甲蓋那麼大，我俯身撿起來一看，原來是鳥蛋的殼。是什麼鳥？殼兒設計得那麼漂亮？上帝大概有點耽美的癖好，大不了一個蛋殼，卻也搏上了全力。蛋殼底色是「雨過天青」的湖水藍，間或有幾粒棕色小斑點，那斑點大約是爲了混淆視覺設計的，像野戰部隊的迷彩裝。

那蛋殼頂在我的食指上，我呆呆的瞪著它看，不知該怎麼辦。眞的，任何東西只要一好得過頭，我就會手忙腳亂，不知所措。愛因斯坦當年也看過這種蛋殼吧？當他俯首撿起一枚碎蛋殼的時候，他也曾心悸神慌嗎？從蛋殼的弧度看去，那粒蛋大約是三公分乘二公分的橢圓，是知更鳥的蛋吧？鳥蛋的背後可能藏著一段情節，它可能意味著雛鳥孵化，留下蛻殼。卻也可能爲敵人掠食，未見日光即死。但有一件事是確定的，那就是說：這個小樹林裡有鳥，而這鳥，也仍有產卵的生殖能力。

國人形容某個地處蠻荒的所在，常說「那個鳥不生蛋的地方」。其實，錯了，鳥不生蛋的地方是台北，地理位置愈僻遠，鳥越有機會生蛋，在台北，鳥即使生蛋，也會因爲污染問題而致蛋殼脆薄，難以孵化。

美國那麼大，可看的東西那麼多，我卻怔怔的對著一片鳥蛋殼發愣，究竟是愛因斯坦？是普大？還是這座幽明千幻的樹林子令我著了迷？

就人類而言，像愛因斯坦這樣的角色應該是不可缺的。對愛因斯坦而言，一座可供散步和沉思的樹林應該是不可缺的。但對樹林而言，一窩子禽鳥卻非有不可。至於鳥巢中非有不可的東西，當然就是幾枚鳥蛋了。

大師已杳，就算我有幸曾趕在他生前和他一起在林中散步，我願意牢牢記住的，恐怕也仍然只是那枚鳥蛋吧？

——原載一九九六年二月二十六日《中國時報》人間副刊・選自九歌版《這杯咖啡的溫度剛好》

正在發生

去菲律賓玩，遊到某處，大家在草坪上坐下，有侍者來問，要不要喝椰汁，我說要。只見侍者忽然化身成猴爬上樹去，他身手矯健，不到二分鐘，他已把現摘的椰子放在我面前，洞已鑿好，吸管也已插好，我目瞪口呆。

其實，我當然知道所有的椰子都是摘下來的，但當著我的面摘下的感覺就是不一樣。以文體作比喻，前者像讀一篇「神話傳說」，後者卻是當著觀眾一幕幕敷演的舞台劇，前因後果，歷歷分明。

又有一次，在舊金山，喻麗清帶我去碼頭玩，中午進一家餐廳，點了魚——然後我就看到白衣侍者跑到庭院裡去，在一棵矮樹上摘檸檬。過不久，魚端來，上面果真有四分之一塊檸檬。

「這檸檬，就是你剛才在院子裡摘的嗎？」我問。

「是呀！」

我不勝歆慕，原來他們的調味品就長在院子裡的樹上。

還有一次，宿在恆春農家。清晨起來，檳榔花香得令人心神恍惚。主人爲我們做了「菜脯蛋」配稀飯，極美味，三口就吃完了。主人說再炒一盤，我這才發現他是跑到鵝舍草堆裡去摸蛋的，不幸被母鵝發現，母鵝氣紅了臉，嘰嘎大叫，主人落荒而逃。第二盤蛋便在這有聲有色的場景配樂中上了菜，我這才了解那蛋何以那麼鮮香腴厚。而母鵝訾罵不絕，掀天翻地，我終於恍然大悟，原來每一枚蛋的來歷都如希臘神話中普羅米修斯盜天火，又如《白蛇傳》故事中的〈盜仙草〉，都是一種非分。我因妄得這非分之惠而感念謝恩——這些，都是十年前的事了。今晨，微雨的窗前，坐憶舊事，心中仍充滿愧疚和深謝，對那隻鵝。一隻蛋，對牠而言原是傳宗接代存亡續絕的大事業啊！

丈夫很少去菜場，大約一年一、二次，有一次要他去補充點小東西，他卻該買的不買，反買了一大包魚丸回來，詰問他，他說：

「他們正在做哪！剛做好的魚丸哪！我親眼看見他在做的呀——所以就買了。」

用同樣的理由，他在澳洲買了昂貴的羊毛衣，他的說辭是：

「他們當我面紡羊毛，打羊毛衣，當然就忍不住買了！」

因爲看見，因爲整個事件發生在我面前，因爲是第一手經驗，我們便感動。

但願我們的城市也充滿「正在發生」的律動，例如一棵你看著它長大的市樹，一片逐漸成了氣候的街頭劇場，一股慢慢成形的政治清流，無論什麼事，親自參與了它的發生過程總是動人的。

——原載一九九六年六月十九日《中華日報》副刊・選自九歌版《你的側影好美！》

一碟辣醬

有一年，在香港教書。港人非常尊師，開學第一週校長在自己家裡請了一桌席，有十位教授赴宴，我也在內。這種席，每週一次，務必使校長在學期中能和每位教員談談。我因爲是客，所以列在首批客人名單裡。

這種好事因爲在台灣從未發生過，我十分興頭的去赴宴。原來菜都是校長家的廚子自己做的，清爽俐落，很有家常菜風格。也許由於廚子是汕頭人，他在諸色調味料中加了一碟辣醬，校長夫人特別聲明是廚師親手調製的。那辣醬對我而言稍微嫌甜，但我還是取用了一些。因爲一般而言廣東人怕辣，這碟辣醬我若不捧場，全桌粵籍人士沒有誰會理它。廣東人很奇怪，他們一方面非常知味，一方面卻又完全不懂「辣」是什麼。我有次看到一則披薩餅的廣告，說「熱辣辣的」，便想拉朋友一試，朋友笑說：「你錯了，熱辣辣跟辣沒有關係，意思是指很熱很燙。」我有點生氣，廣東話怎麼可以把辣當作熱的副詞？彷彿辣本身不存在似的。

我想這廚子既然特意調製了這獨家辣醬，沒有人下箸總是很傷感的事。汕頭人是很以他們的辣醬自豪的。

那天晚上吃得很愉快也聊得很盡興，臨別的時候主人送客到門口，校長夫人忽然塞給我一個小包，她說：「這是一瓶辣醬，廚子說特別送給你的。我們吃飯的時候他在旁邊巡巡看看，發現只有你一個人欣賞他的辣醬，他說他反正做了很多，這瓶讓你拿回去吃。」

我其實並不十分喜歡那偏甜的辣醬，吃它原是基於一點善意，不料竟回收了更大的善意。我千恩萬謝受了那瓶辣醬——這一次，我倒眞的愛上這瓶辣醬了，爲了廚子的那份情。

大約世間之人多是寂寞的吧？未被擊節讚美的文章，未蒙賞識的赤忱，未受注視的美貌，無人爲之垂淚的劇情，徒然的彈了又彈卻不曾被一語道破的高山流水之音。或者，無人肯試的一碟食物……。

而我只是好意一舉箸，竟蒙對方厚贈，想來，生命之宴也是如此吧？我對生命中的涓滴每有一分賞悅，上帝總立即賜下萬道流泉。我每爲一個音符凝神，祂總傾下整匹的音樂如素錦。

生命的厚禮，原來只賞賜給那些肯於一嚐的人。

——原載一九九六年十月二日《中華日報》副刊·選自九歌版《你的側影好美！》

一隻玉羊

它是一隻羊，一隻玉羊，靜靜的臥在櫥架上，我也靜靜的看著牠。

它的質地不好，用不著多麼大的學問，就連我這樣的外行也知道，那塊玉已經差不多可以稱之爲石頭了。

它的雕工也不好，粗疏的幾刀，幾乎有點草草了事。

何況它的價錢也不算太便宜。

但是，我終於決定，還是要把它買下來。當時我正走絲路，走到新疆的和闐。

小學時候讀地理書，一直以爲和闐玉是一種瓜果的名字，後來有次寫作文，還說自己夢中到了新疆，吃了甜蜜的和闐玉，被老師說了一頓，氣得終生不忘。

而當我來到和闐，和闐已無玉，據說好玉都到了蘇州，那裡師傅的手巧，懂得碾作。

和闐倒是有甜蜜多汁的葡萄，我想葡萄才是眞正的和闐玉，和我童年夢中的滋味一樣悠長。

但我還是決定買下那隻玉羊，感動我的理由只有一個：那羊一眼看去，便知道是深深懂得羊的人雕出來的。搞不好那雕刻師傅本身便是牧羊人，養著成千上百的羊……。

如果有人問我從哪一痕刀法裡看出雕刻家是個熟悉羊隻的人，我也說不上來，但那渾厚的大角，安定的神情，跪坐時端凝的架式都不是江南巧匠學得來的。這隻玉羊的作手想必是閉著眼睛也能摹擬出羊的風姿神態的人。

我買它，便是基於這一重感動。我不是買羊，而是買了某個從小跟羊一起長大的人對羊的喜愛的感覺。

每當我把玩那隻小羊，那種眞實的喜愛的感覺就會來到我心中。

類同的感動後來在台北看「克爾瑪克蒙古人」跳兔子舞的時候又出現一次。純樸的舞者把自己扮成一隻兔子，多疑的、不安的兔子，一會兒掀動鼻子，一會兒溜目回顧，一會兒拔腿狂奔，一會兒刨土自娛……他的舞不講內涵，不講象徵、不求深度，他就是老老實實扮了一隻兔子，但那其間有舞者從小在大草原上和兔子千百次交換目光之後的熟稔，使人動容的其實就是那份熟稔。

藝術能求精緻當然很好，但最重要最感人的恐怕還是血肉相連的那份深知熟諳吧？

——原載一九九六年十月二十三日《中華日報》副刊・選自九歌版《你的側影好美！》

「可以！」

朋友服務的那家電視台要去深山裡拍一場原住民的歌舞場面，我欣然同行，算是不花錢的旅遊。

大隊人馬，扛機器的扛機器，打燈光的打燈光，我沒事，搖來晃去，東張西望。

終於到達深山部落，找到一個大廣場，村民倒也熱心，紛紛穿上華艷的禮服，圍成一個大圓圈，準備上鏡頭。場子裡嗅得出來有一股節慶日的喜悅。

工作隊在架設器材，我閒閒走開。廣場邊上有個人家，屋子裡黑洞洞的，裡面有個老人。老人見了我，不知怎麼，竟十分投緣，他拉我坐下，給我看他新收成的玉米。他的玉米長得怪，短短的，只有十公分長。

「你怎麼不穿上衣服去跳舞？」

他的國語有限，我只好比手畫腳。

「跳舞，自己跳。電視，不好，不跳。」

他的文法古怪，但也別有味道。

「你，哪裡？住？」他問我。

「台北。」

「台北好。我兒子。台北。警察。我兒子。」

「啊，原來你兒子是做警察的，那好哇！」

「這個好，」他抓了一捧玉米「你，拿去。」

我嚇一跳，我要那些玉米幹什麼，推來推去，我勉強取折衷案，拿了兩個。

廣場上節目看來快開始了，我跨出他家大門，準備看這場大約二百人的大場面。老人也跟了出來。

「大家安靜，馬上就要錄影了！」

大家果眞安靜了。

老人這時卻咕嚕了一句，我聽不懂他說什麼，但聲音卻意外的宏亮，意思似乎在批評什麼。

「誰在說話？我已經告訴你們了，不——可——以——說——話——。」

「說話，可以！」老人氣虎虎的站起來，「可以！我家，我說話，可以！可以！」

他一張臉掙得通紅，每叫一聲「可以」他就重重的點一下頭，族人沒有誰敢過來罵他，看來他平時就是個壞脾氣的老人。

電視台的人終於有點開竅了，其中有個和顏悅色的，跑過來，蹲在老人面前：

「對不起，老伯，我們有困難，我們要錄影，有人說話就錄不好，謝謝你幫忙，暫時安靜一下，幫幫忙嘛！」

老人不作聲，像是默許了。

後來，到錄完影，他都沒再開口。

事隔多年，我仍然記得他紅著臉叫「可以！」的神情。那是他的家，他在他家門口說他族人的話，有什麼不可以？他有什麼義務管這些外來的電視人？既然他們那麼趾高氣揚。

他「可以」，在那明淨翠碧的山鄉，在他活過一世的土地上，他有什麼不可以的！

——原載一九九六年十一月二十日《中華日報》副刊・選自九歌版《你的側影好美！》

肉體有千萬種受難的形態

我因事去找一位醫生，那天我自己並不看病，便坐在診療室裡等他看完最後的幾個病人。

進來一個六十歲左右的婦人。

「哪裡不舒服？」醫生不怒自威。

婦人蹙著眉，訴起苦來：

「早上起來，這膀子呀，說不出的不舒服——」

醫生捏捏她的肩膀。

「痛不痛？」

「不痛。」

「痠不痠？」

「不痠。」

「又不痛，又不痠——那你來看什麼？」

「我——」婦人一時語塞。

我聽得發急，這醫生並不是壞人，但他的詞彙怎麼就這麼貧乏呢？難道人的身體不會發生痠痛以外的不舒服嗎？

我忍不住插嘴：

「是不是，僵——？」

婦人高興起來：

「啊！對，就是『僵』！早上起來，整個膀子都『僵』！」

醫生低頭去畫了些字，大概在開藥吧？我不好意思再多說什麼，我當時心中其實很想多叮嚀他幾句，我想說：

「醫生啊！你知道你在幹什麼嗎？你在醫『人』啊！」

「而『人』又是個多麼複雜精緻的生物，這種生物不是每一個都能把自己整頓出條理來的，不是每一個都能把自己分析得頭頭是道的。他們是迷亂的，顛倒的，辭不達意的，他們並不確實知道自己在幹些什麼，他們到醫院來，他們是前來求救的，然而他們說不清楚——生命裡巨大的事物誰又說得清楚？」

「在這一樁樁病情申訴裡面，充滿肉體無辜的冤情，醫生有時也是法官吧？某妻子的肺癌是一部她丈夫的抽煙史；某老父的十二指腸潰瘍是緣於獨子的一場車禍。他們來看病，其實也是來看他們生命裡的悲情，診療室有如神父據守的神龕，可以聽天下蒼生的讖詞和申訴。」

「因此，醫生啊！能否讓自己的語言再精緻一點，再豐富一點，再準確一點，再推敲仔細一點——要知道，你和病人共同形容的，是一具活生生的生命啊！」

在既不瘦，又不痛之外，醫生啊！肉體還有千萬種受難的形態都等待申訴呢！

——原載一九九六年十二月十八日《中華日報》副刊・選自九歌版《你的側影好美！》

炎涼

我有一張竹蓆，每到五六月，天氣漸趨暖和，暑氣隱隱待作，我就把它找出來，用清茶的茶葉渣拭淨了，鋪在床上。

一年裡面第一次使用竹蓆的感覺極好，人躺下去，如同躺在春水湖中的一葉小筏子上。清涼一波波來拍你入夢，竹蓆恍惚仍飽含著未褪盡的竹葉清香。

生命中的好東西往往如此，極便宜又極耐用。我可以因一張蓆而愛一張床，因一張床而愛一棟屋子，因一棟屋子愛上一個城……

整個初夏，肌膚因貼進那清涼的捲雲而舒緩自如。觸覺之美有如聞高士說法，涼意淪肌浹髓而來。古人形容喻道之透闢，謂一時如天女散花。天女散花是由上而下，輕輕撒落——花瓣觸人，沒有重量，只有感覺。但人生某些體悟卻是由下而上，彷彿有仙雲來輕輕相托，令人飄然升浮。涼涼的竹蓆便有此功。一領清簟可以把人沉澱下來，靜定下來，像空氣中熱騰騰的水霧忽然凝結在碧沁沁的一莖草尖而終於成爲露珠。人在蓆上，也是如此。阿拉伯人牧羊，他們故事裡的羊毛毯是可以飛的。中國人種地，對植物比較親切。中國人用植物編的蓆子不飛——中國人想，飛了幹麼呀？好好的躺在蓆子上不比飛還舒服嗎？中國聖賢教人拯救人民，其過程也無非是由「出民水火」到「登民衽蓆」。總之，世界上最好的事莫過於把自己或別人放在蓆子上了。初夏季節的我便如此心滿意足的躺在我的竹蓆上。

可惜好景不常，到了七八月盛夏，情形就不一樣了。剛躺下去還好，多躺一會，蓆子本身竟然也變熱了。涼蓆會變熱，天哪，這眞是人間慘事。爲了環保，我睡覺不用冷氣，於是只好靜靜的和熱浪僵持對抗。我反覆對自己說：「不熱，不算太熱，我還可以忍受，這也沒什麼大不了，哼，誰怕誰啊……」唸著唸著，也就睡著了。

然後，便到了九月，九月初蓆子又恢復了清涼。躺在蓆上，整個人攤開，霎時變成了片狀，像一塊金子捶成薄薄的金箔，我貪享那秋霜零落的錯覺。

九月中，每每在一場冷雨之後，半夜乍然驚醒，是被背上的沁涼叫醒的——唉，這涼蓆明天該收了。我在黑暗中揣想，竹蓆如果有知，也會厭苦不已吧？七月嫌它熱，九月又嫌它涼，人類也眞難伺候。

想來一生或者也如此，曾經嫌日程排得太緊，曾經怨事情做個不完，曾經煩稿約演講約不斷，曾經大嘆小孩子纏磨人……可是，也許，有一天，一切熱過的都將乍然冷卻下來，令人不覺打起寒顫。

不過，也只好這樣吧！讓蓆子在該鋪開的時候鋪開，在該收捲的時候收捲。炎涼，本來就半點由不得人的。

——原載一九九七年一月二十九日《中華日報》副刊・選自九歌版《你的側影好美！》

張曉風大事年表

一九四一年　本籍江蘇銅山縣，三月二十九日出生於浙江金華
一九四二年　在逃難途中住福建建陽南林村
一九四三年　抵重慶
一九四六年　住南京
一九四八年　住柳州
一九四九年　住廣州
一九四九年　與母親及家人先到台灣，父親晚了一年零二十天才和家人會合
一九五二年　考取北一女
一九五四年　舉家遷往屏東，就讀屏東女中
一九五八年　考入東吳大學中文系
一九六六年　《給你，瑩瑩》（商務）、《地毯的那一端》（文星）出版

一九六七年 以《地毯的那一端》獲第二屆中山文藝獎散文獎

一九六八年 主編基督教論壇報副刊，小說集《哭牆》（仙人掌）出版

一九六九年 完成劇本《畫》，獲李聖質先生夫人獎（李曼瑰教授為紀念其父母而設的獎項）

一九七一年 《愁鄉石》（晨鐘）、《畫愛》（校園）出版。演出《第五牆》，本劇並獲新聞局金鼎獎劇本獎

一九七二年 以桑科為筆名撰寫雜文，演出《武陵人》，編《現代中國文學大系・散文卷》（巨人）

一九七三年 《第五牆》（香港：基督教文藝）出版

一九七四年 演出《和氏璧》

一九七五年 開始於陽明醫學院任教。《安全感》、《黑紗》（宇宙光）、《哭牆》（香港：種籽）出版。演出《第三害》。以可叵為筆名寫專欄雜文。

一九七六年 《曉風散文集》、《曉風小說集》、《曉風戲劇集》（道聲）出版

一九七六年 出版《桑科有話要說》（時報），演出《嚴子與妻》

一九七七年 獲香港基督教文藝出版社紀念廣學會成立八十週年之文學獎。演出《位子》。《詩詩、晴晴與我》（大林）、《動物園中的祈禱室》

一九七八年 （宇宙光）、《血笛》（黎明）出版。

一九七九年 童書《祖母的寶盒》（信誼）出版

散文《步下紅毯之後》（九歌）出版。〈許士林的獨白〉獲中國時報散文推薦獎

一九八〇年 《步下紅毯之後》獲國家文藝獎散文獎，〈再生緣〉獲時報文學獎優等獎。《花之筆記》（道聲）、《張曉風自選集》（黎明，含散文、小說、戲劇、雜文、兒歌等）出版。編「有情四書」——《親親》、《蜜蜜》、《有情人》、《有情天地》（爾雅）

一九八一年 散文《你還沒有愛過》（大地）出版。編《錦繡天地好文章》（婦女雜誌）

一九八二年 《再生緣》、《給你》、《大地之歌》（爾雅）、《幽默五十三號》（九歌）出版

一九八三年 《通菜與通婚》（九歌）、《心繫》（百科）出版，九月應邀至香港浸會學院任客座教授

一九八四年 編《問題小說》（婦女雜誌）。《我在》（爾雅）、《桑科有話要說》（時報）出版

一九八五年 《舅媽祇會說一句話》（中華兒童）

一九八八年　《從你美麗的流域》（爾雅）出版，北京演出《和氏璧》連演八十場

一九八九年　《曉風吹起》（文經社）出版。編《中華現代文學大系（一）・散文卷》（九歌）

一九九〇年　《玉想》（九歌）出版

一九九一年　《談戲》（台灣省教育廳）出版

一九九四年　《我知道你是誰》（九歌）出版

一九九六年　《這杯咖啡的溫度剛好》（九歌）出版

一九九七年　獲吳三連文藝獎。《你的側影好美》（九歌）、《常常，我想起那座山》（天津：百花文藝）出版

一九九九年　《曉風戲劇集》入選《台灣文學經典三十》

二〇〇〇年　編《小說教室》（九歌）

二〇〇三年　《星星都已經到齊了》（九歌）出版，編《中華現代文學大系（二）．散文卷》（九歌）

二〇〇四年　《張曉風精選集》出版（九歌）

張曉風散文重要評論索引

評論文獻	評論者	原載處	原載日期
讀曉風的〈地毯的那一端〉	隱　地	自由青年	一九六五年十一月
讀曉風的〈初雪〉	楊鐵中	中央日報	一九六七年十二月二十八日
〈給你，瑩瑩〉讀後	艾華連	基督教周報	一九六八年十月十三日
我對〈哭牆〉的感受	蜀　弓	自由青年	一九六九年一月
讀曉風〈我喜歡〉	梅　遜	文壇	一九六九年三月
思想隨曉風的〈不是遊記〉奔走	薛興國	大學新聞	一九七〇年一月十二日
讀〈給你，瑩瑩〉	陳敬忠	中華日報	一九七五年一月二十七日
評介曉風的〈愁鄉石〉	吳青玉	青年戰士報	一九七五年四月十九日

我讀詩詩、晴晴與我	小沈	愛書人	一九七七年十二月二十一日
微曦中的純雅——介紹《詩詩、晴晴與我》	許秋煌	愛書人	一九七八年十月
張曉風新境界——我讀《步下紅毯之後》	剛武	中華日報	一九七九年八月二十四日
平凡的情感世界——讀張曉風《步下紅毯之後》有感	康美珍	中央日報	一九七九年九月二十六日
我讀《步下紅毯之後》	亞菁	中華日報	一九七九年十月一日
有情世界——談張曉風《步下紅毯之後》	畢玲	明道文藝	一九七九年十二月
曉風吹過中國	季季	中國時報	一九八〇年二月十四日
《親親》是本選集，流露出樸實情感	舟子	大華晚報	一九八〇年六月八日
如夢初醒讀《親親》有感	剛毅	愛書人	一九八〇年七月
有情世界——淺介《親親》	郭明福	書評書目	一九八〇年七月
《再生緣》讀後	莘萌	三研會訊	一九八〇年十一月二十七日
永恆的守護神——我讀《親親》	詩影	明道文藝	一九八一年一月

亦秀亦豪的健筆——我看張曉風的散文	余光中	聯合報	一九八一年三月五～六日
怎樣去愛——讀《你還沒有愛過》	吳靄容	明報	一九八二年六月十五日
有情天地有情人——我讀《步下紅毯之後》	郭明福	中華日報	一九八二年六月十六日
《再生緣》讀後	林貴真	中央日報	一九八二年七月
我讀張曉風的《可叵集》	林貞羊	中華日報	一九八二年十二月二十七日
再生緣	康來新	時報雜誌	一九八三年二月十三日
千山萬水我走過——評張曉風散文〈前身〉	林麗月	中央日報	一九八四年十一月四日
張曉風的藝術，評《我在》	王文興	中國時報	一九八五年三月十五日
情繫天地間——評張曉風《從你美麗的流域》	魯瑞菁	聯合文學	一九八九年一月
大地的日記——評張曉風《從你美麗的流域》	李麗華	爾雅人	一九九一年九月二十日
納古典於現代——讀《我知道你是誰》	三　光	台灣日報	一九九四年十二月十八日

張曉風《步下紅毯之後》的四種修辭格試探	鄭芳郁	國文天地	一九九四年
從修辭格看張曉風《從你美麗的流域》	劉韻蘋	人文及社會學科教學通訊	一九九四年
有以與人的採蓮女子——張曉風的散文世界	林怡芳	國文天地	一九九五年四月一日
淺析張曉風〈行道樹〉的文章結構	劉宗義	孔孟月刊	一九九五年
地毯的那一端	鄭彩仁	翰海觀潮	一九九七年五月
活著與當下——談張曉風《這杯咖啡的溫度剛好》	張春榮	文訊135期	一九九七年
不止是位散文家——閱讀張曉風	楊　照	中國時報	一九九九年六月十八日
相見不恨晚	席慕蓉	自由時報	二〇〇三年五月三日
多情的眼，柔軟的心——評《星星都已經到齊了》	石曉楓	中央日報	二〇〇三年六月十五日

荷香摺扇——評《星星都已經到齊了》　趙衛民　聯合報　二〇〇三年六月二十二日

新世紀散文家 13

新世紀散文家：張曉風精選集

Selected essays of Sheau Feng

著者　張曉風
發行人　蔡文甫
出版發行　九歌出版社有限公司
臺北市105八德路3段12巷57弄40號
電話／02-25776564・傳真／02-25789205
郵政劃撥／0112295-1
九歌文學網　www.chiuko.com.tw
印刷　崇寶彩藝印刷有限公司
法律顧問　龍躍天律師・蕭雄淋律師・董安丹律師
初版　2004（民國93）年6月10日
初版16印　2023（民國112）年8月
定價　320元

書號　0106013
ISBN　957-444-140-7
（缺頁、破損或裝訂錯誤，請寄回本公司更換）

國家圖書館出版品預行編目資料

新世紀散文家：張曉風精選集／陳義芝
主編－初版. --
臺北市：九歌, 2004〔民93〕

面； 公分. -- (新世紀散文家；13)

ISBN 957-444-140-7(平裝)

855　　93007894